当名著遇见科学

下篇

爱丽丝梦游仙境

［英］刘易斯·卡罗尔 著
［英］凯蒂·迪克尔 改编
王晋 译

电子工业出版社
Publishing House of Electronics Industry
北京·BEIJING

Published in 2021 by Mortimer Children's Books
An imprint of Welbeck Children's Limited, part of Welbeck Publishing Group
20 Mortimer Street London W1T 3JW

Text, Illustration & Design © Welbeck Children's Limited, part of Welbeck Publishing Group.

本书中文简体版专有出版权授予电子工业出版社。未经许可，不得以任何方式复制或抄袭本书的任何部分。
版权贸易合同登记号　图字：01-2022-7104

图书在版编目（CIP）数据

爱丽丝梦游仙境：上下篇 /（英）刘易斯·卡罗尔著；（英）凯蒂·迪克尔改编；王晋译 . —北京：电子工业出版社，2023.5
（当名著遇见科学）
书名原文：STEAM TALES
ISBN 978-7-121-44975-8

Ⅰ. ①爱… Ⅱ. ①刘… ②凯… ③王… Ⅲ. ①童话－英国－近代 Ⅳ. ①I561.88

中国国家版本馆 CIP 数据核字（2023）第 017552 号

审图号：GS 京（2022）1401 号
本书插图系原文插图。

"企鹅"及其相关标识是企鹅兰登已经注册或尚未注册的商标。
未经允许，不得擅用。
封底凡无企鹅防伪标识者均属未经授权之非法版本。

责任编辑：郭景瑶
文字编辑：刘　晓
印　　刷：北京利丰雅高长城印刷有限公司
装　　订：北京利丰雅高长城印刷有限公司
出版发行：电子工业出版社
　　　　　北京市海淀区万寿路 173 信箱　邮编：100036
开　　本：787×980　1/16　印张：41　字数：524.8 千字
版　　次：2023 年 5 月第 1 版
印　　次：2023 年 5 月第 1 次印刷
定　　价：239.00 元（全 8 册）

凡所购买电子工业出版社图书有缺损问题，请向购买书店调换。若书店售缺，请与本社发行部联系，联系及邮购电话：（010）88254888，88258888。
质量投诉请发邮件至 zlts@phei.com.cn，盗版侵权举报请发邮件至 dbqq@phei.com.cn。
本书咨询联系方式：（010）88254210，influence@phei.com.cn，微信号：yingxianglibook。

目 录
contents

第六章
小猪和胡椒粉

- 🔍 打喷嚏 / 010
- 🔍 猫的呼噜声 / 016
- 📘 变换图形 / 018
- 📘 制作手翻书 / 020

第七章
疯子茶会

- 🔍 计时 / 026
- 🔍 透视画法 / 032
- 📘 制作日晷 / 034
- 📘 旋转图形 / 036

第八章
王后的槌球场

- 🔍 你看到了什么颜色？ / 041
- 🔍 选择颜色 / 043
- 📘 制作变色花 / 050
- 📘 搭建"纸牌屋" / 052

第九章
假乌龟的故事

- 🔍 看不见的世界 / 057
- 🔍 视错觉 / 065
- 📘 用纸折一只猫 / 066
- 📘 写密信 / 068

第十章
谁偷了馅饼？

- 🔍 那是什么声音？ / 073
- 🔍 仔细查看 / 081
- 📘 制作牛顿摆 / 082
- 📘 测量物体的高度 / 084

第六章　小猪和胡椒粉

爱丽丝来到树林里的一片空地，看见一座四英尺（约一百二十厘米）高的房子。"不知道谁住在里面？我可不能这么高去见他们，会把他们吓死的！"爱丽丝想。她啃了啃右手的蘑菇，直到变成九英寸（约二十二厘米）高。

爱丽丝正在寻思下一步该怎么做，突然看到一个衣着光鲜的仆人从树林里跑了出来——他其实是一条鱼。他敲了敲门，开门的是另一个仆人——他的脸圆圆的，大眼睛像青蛙一样。爱丽丝蹑手蹑脚地走出树林，想听听他们在说些什么。

长得像鱼的仆人从胳膊底下抽出一封很长的信，把它递给对方，郑重地说："交给公爵夫人，王后邀请她去玩槌球。"两个仆人满头卷发，他们低头互相鞠躬时，卷发缠在了一起！爱丽丝看到这个场景，笑得不行，她不得不跑回树林，免得笑声被听见。当她再次探出头时，像鱼的仆人已经走了，另一个仆人坐在门边的地上，呆呆地望着天空。

爱丽丝小心翼翼地走到门前，敲了敲门。

"敲门是没用的，"仆人说，"原因有两个。第一，我和你都在门的这边；第二，他们在里面吵得很厉害，没人会听到你的敲门声。"

的确，里面不断有哭声和喷嚏声传出来，而且时不时还有一声巨响，好像是盘子或碟子摔得粉碎的声音。

"请问，"爱丽丝说，"我怎么才能进去呢？"

仆人回答道："如果门隔在咱俩之间，你敲门可能还有点儿意义。比如说，你在里面，你敲门，我可以让你出来。"他的眼睛一直望着天空，爱丽丝认为这是很不礼貌的。

"我要坐在这里，"仆人说，"直到明天——"门开了，一个大盘子从仆人的头上飞过。"——或者后天，也许吧。"仆人继续说道，好像什么事都没发生一样。

"我怎么才能进去呢？"爱丽丝提高音量又问了一遍。

爱丽丝觉得这个仆人真令人生气，"问他也没用，我只好直接进去了。"

一进门，是一间很大的厨房，公爵夫人坐在厨房中间一个三条腿的凳子上，正在哄一个婴儿。厨娘在火炉旁做饭，搅拌着一大锅汤。

"汤里肯定放了太多的胡椒粉！"爱丽丝自言自语道，因为她已经开始打喷嚏了。就连公爵夫人也时不时打个喷嚏，至于那个婴儿，不是打喷嚏，就是在哇哇大哭。唯一不受影响的是厨娘和一只咧嘴笑的大猫。

"请问，您能不能告诉我，"爱丽丝怯生生地问，她不知道先开口说话礼不礼貌，"为什么您的猫会咧嘴笑成那样？"

"他是一只柴郡猫，"公爵夫人说，"这就是原因。小猪！"

公爵夫人最后两个字说得那么凶，吓得爱丽丝跳了起来，但她意识到公爵夫人说的是那个婴儿，于是又继续说道："我不知

 知识园地

打喷嚏

打喷嚏是身体清除鼻子中异物的一种很聪明的方法。

无论灰尘、细菌，还是污染物，甚至是胡椒粉，进入鼻腔后，鼻腔内的绒毛都会受到刺激，向脑发出信号，表明是时候打喷嚏了。

打喷嚏的时候，你的身体会做好准备，然后水、黏液和空气会以高达161千米/时的速度从鼻子里喷出来。

胡椒粉进入鼻腔

打喷嚏

道柴郡猫会一直咧着嘴笑。实际上，我不知道猫还会笑。"

"他们都会笑，"公爵夫人说，"大多数都笑"。

"我不知道有哪只猫会笑。"爱丽丝礼貌地说。

"你知道得太少，"公爵夫人说，"这是个事实。"

爱丽丝不喜欢公爵夫人说这句话的语气，于是想换个话题。这时，厨娘把大锅从火炉上端下来，开始把她能够得着的东西朝公爵夫人和婴儿扔过来，火钳、锅、盘子和碗。公爵夫人根本不予理会，即使被砸中了也没反应。婴儿一直哭得很厉害，很难知道他有没有被砸疼。

"哦，快停下来！"爱丽丝喊道。她看了一眼厨娘，厨娘好像根本没有在听。公爵夫人又开始哄婴儿，她唱起一首摇篮曲（不过，这并不是一首舒缓的曲子）：

"对小男孩说话就得骂，他打喷嚏就揍他。他就是想惹人烦，他知道如何逗你玩。"

公爵夫人唱第二段的时候，婴儿一直在哭，爱丽丝听不清歌词唱了啥。

"给你！如果你愿意，可以哄一会儿他！"公爵夫人一边把婴儿递给爱丽丝一边说，"我得去准备一下，好陪王后玩槌球。"说完，她匆匆离开了房间，厨娘朝她身后扔了一个煎锅，但幸运的是，它与公爵夫人擦身而过。

爱丽丝接过婴儿，他真是一个奇怪的小东西，胳膊和腿向四面八方伸展。"真像个海星。"爱丽丝想。这个可怜的小家伙像蒸汽机一样打着喷嚏，不停地扭动身体，爱丽丝能把他抱住就不错了。

婴儿稍稍安定下来后，爱丽丝带他到外面去呼吸新鲜空气。"要是不把这个孩子带走，"爱丽丝想，"他肯定会受到伤害，带走他是对的。"小东西哼了一声，好像是在回答。

婴儿再次发出哼哼声时，爱丽丝焦急地看着他的脸，想知道到底是怎么回事。毫无疑问，婴儿长了一个朝天鼻，这个鼻子不像人的鼻子，更像是猪的鼻子。他的眼睛对于一个婴儿来说小到了极点。爱丽丝一点也不喜欢他的样子。"也许他只是在抽抽搭搭地哭。"她想。"如果你变成一头猪，亲爱的，"爱丽丝严肃地说，"我可就不愿和你有任何关系了！"这个可怜的小东西又抽泣起来（也许是哼哼，说不清是哪一种）。两人默默地待了一会儿。

爱丽丝心想："我到底该拿这个小家伙怎么办呢？"这时，婴儿又哼哼起来，而且来势凶猛。爱丽丝警觉起来，赶紧低头看他的脸。这一次不会错了——就是一头小猪！

爱丽丝把小家伙放下来，看着他跑进树林里，觉得松了口气。这时，柴郡猫吓了她一跳，他正坐在几米外一棵树的树枝上。柴郡猫看到爱丽丝，只是咧着嘴笑。他看起来很友好，可

变换图形

在仙境之中，婴儿可以变成小猪。在现实世界里，我们可做不到这一点，但我们可以变换图形。

把书翻到第90页，看看如何通过镜像来变换图形吧。

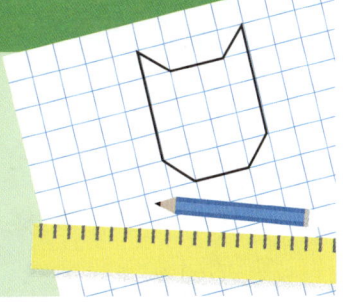

爪子很长，牙齿也很多，所以爱丽丝觉得还是对他尊重一点比较好。

"柴郡猫咪，"她怯生生地说，不确定他喜不喜欢这个称呼，结果他的嘴巴咧得更大了，"请你告诉我，我应该走哪条路呢？"

"那要看你想去哪里。"柴郡猫说。

"我不在乎去哪儿，"爱丽丝说，"只要能到个地方就行。"

"哦，你肯定能到某个地方的，"柴郡猫说，"只要你走的时间够长。"

爱丽丝试着换了一种询问的方式："这附近住着什么人呢？"

"那边，"柴郡猫举起右爪说，"住着一个制帽匠。那边，"柴郡猫举起左爪，"住着一只三月兔。你随便拜访哪一个都行，他们都是疯子。我们这里的人都是疯子。我是疯子，你也是疯子。"

"你怎么知道我是疯子？"爱丽丝问。

"你肯定是，"柴郡猫说，"要不，你不会来这儿。"

"那你怎么知道你是疯子呢？"爱丽丝问。

"首先，"柴郡猫说，"狗不是疯子，你同意我的说法吧？"

"我应该是同意的。"爱丽丝说。

"好的，"柴郡猫接着说，"狗生气了就叫，高兴了就摇尾巴。现在，我高兴时叫，生气时摇尾巴。所以说，我是疯子。"

"你那不是叫，而是发出呼噜呼噜的声音。"

"你去和王后玩槌球吗？"柴郡猫问。

"我倒是愿意，"爱丽丝回答，"可我没有被邀请。"

知识园地

猫的呼噜声

猫为什么会发出呼噜呼噜的声音呢？

如果你认为猫只有在高兴的时候才会发生呼噜声，那你还得好好观察观察！猫在其他时候也会发出这种声音……

- 猫在饿了或受伤的时候会发出呼噜呼噜的声音。人们认为，猫发出这种声音能够起到减轻疼痛的作用，甚至有助于自愈。
- 猫收缩喉咙里的气流，会使声带产生振动，从而发出呼噜呼噜的声音。
- 有些大型猫科动物，如猎豹、美洲狮和野猫，也会发出呼噜声！

振动的声带

"你会在那儿见到我的。"说完,柴郡猫就消失了。

爱丽丝看着柴郡猫刚才坐着的位置,突然柴郡猫又出现了。

"顺便问一下,那个婴儿怎么样了?"柴郡猫说。

"他变成了一头小猪。"爱丽丝悄悄地说。

"我就知道会这样。"柴郡猫说完又消失了。

爱丽丝向三月兔家的方向走去。她抬头一看,又看到了柴郡猫,他正坐在一棵树上。

"你说的是小猪,还是小树?"柴郡猫问。

"小猪。"爱丽丝回答道,"我希望你不要一会儿突然出现,一会儿突然消失,弄得我头都晕了。"

"好吧。"柴郡猫说。这次他消失得很慢,先从尾巴尖开始,一点一点消失,最后是他的笑容。

"哇!我经常看见没有笑容的猫,"爱丽丝想,"可没有猫的笑容却第一次见!这真是我见过的最奇怪的事了!"

制作手翻书

你相信猫会消失吗?

把书翻到第92页,制作一本手翻书,让柴郡猫随时出现或消失吧。

017

 动手做一做

变换图形

我们可以通过平移、旋转、镜像和放大等方式变换图形。试试通过镜像的方式变换一个二维图形吧。

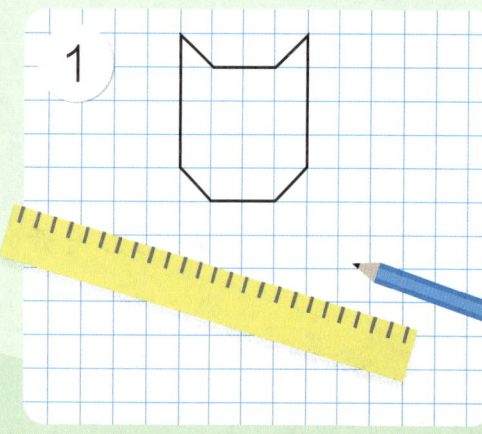

在坐标纸上画一个简单的图形,图形的顶点要落在线条交叉的地方。

准备材料
- 坐标纸
- 铅笔
- 尺子
- 描图纸

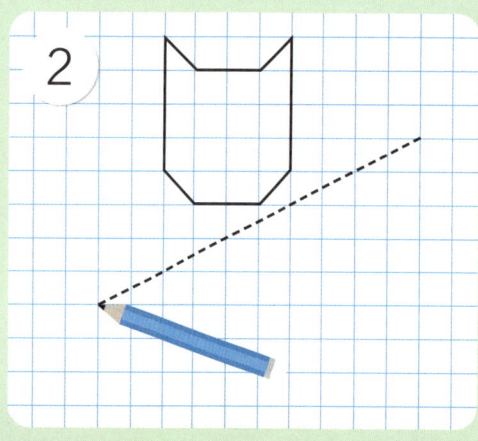

在图形的一侧,用尺子画一条线,这条线被称为"镜像线"。

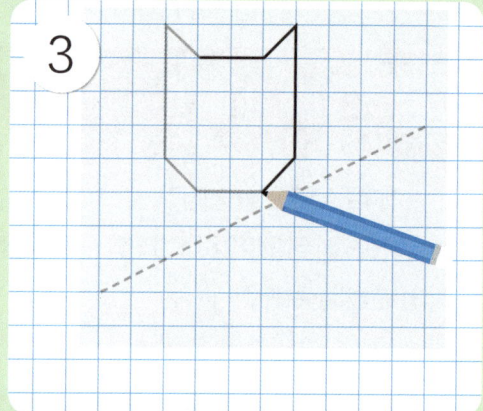

把描图纸放在坐标纸上,描出原来的图形和镜像线。

数学

提示
你可以用这种方法画出复杂图形的镜像图，比如十二边形或二十边形的镜像图。

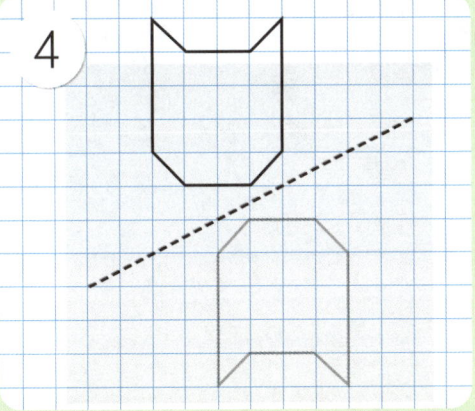

把描图纸翻过来，放在坐标纸上面，让两张纸上的镜像线重合（它们看起来应该是一条线）。

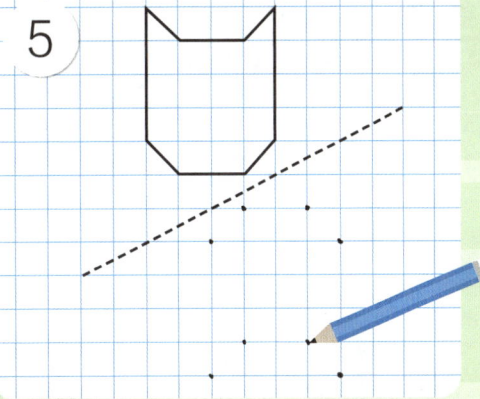

根据描图纸上复制的图案，在下面的坐标纸上画出镜像图的顶点。

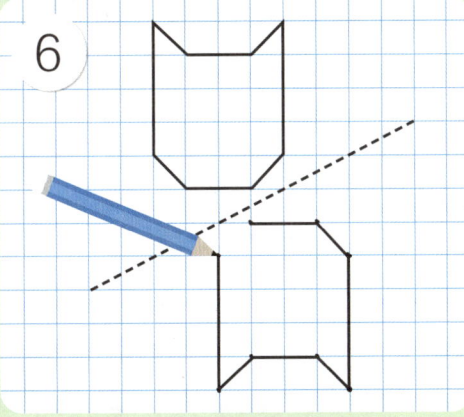

用尺子把顶点连在一起，镜像图就画好了。

原理

当你照镜子的时候，你和镜子里的自己离镜面的距离是相等的。同样，你画的镜像图的顶点与原始图形的顶点，到镜像线的距离也是相等的。

019

动手做一做

制作手翻书

制作一本柴郡猫一点点出现的手翻书，先从它咧嘴的笑容开始。

准备材料
• 废纸
• 一些便利贴
• 铅笔
• 描图纸（可选）

先在一张废纸上画出柴郡猫的简单轮廓，这样你就可以看到最终的图是什么样子的。

翻到便利贴的最后一页，先在大约中心的位置画出柴郡猫咧着嘴的笑容。

往前翻一页，这时它的笑脸会被这张纸遮住。你能透过纸看到笑容的轮廓吗？把这个轮廓描下来，添加一个细节，比如尖尖的牙齿。

艺术

提示

要想画一本更详细的手翻书，就需要一点一点增加细节。手翻书的页数越多，动画的细节就越丰富。

再往前翻一页，这时第二幅图也会被遮住。描一遍第二幅图，然后添加一个细节，比如猫的鼻子。

继续往前翻页，每次在前一幅画的基础上添加一个细节，直到将整只猫画完。

把做好的手翻书放在桌子上，用拇指从后往前翻动书页。你的柴郡猫一点点现身了吗？

 **原理**

快速翻动书页时，你会在很短的时间内看到很多图片。你的脑会把这些图片连到一起，从而加以理解。在这个过程中，空白会被填补，从而创造出一个看起来连续变化的场景。

021

第七章　疯子茶会

　　没过多久,爱丽丝就看到了三月兔的房子。她认为肯定是这栋房子,因为烟囱是耳朵的形状,屋顶上铺着兔毛。她啃了一点左手的蘑菇,让自己长到大约两英尺(约六十厘米)高。

　　前院的一棵树下摆着一张桌子,三月兔和制帽匠正在喝茶。一只睡鼠坐在他们中间,睡得正香。他们把胳膊肘搭在睡鼠身上。桌子很大,但他们三个人却挤在一个角上。"没有地方了!没有地方了!"当他们看到爱丽丝走过来时喊道。"地方多的是。"爱丽丝气呼呼地说着,并在桌子一头的一张大扶手椅上坐下来。

　　"没被邀请就坐下来,是不礼貌的。"三月兔说。

　　"我不知道这张桌子是你的,"爱丽丝说,"它摆在这里,是招待许多人的,不止你们三个。"

　　"你的头发该剪了。"制帽匠打量了一会儿爱丽丝说。

　　"不要恶意评论别人的外貌,"爱丽丝责怪道,"这样很不礼貌。"

　　爱丽丝说话的时候,制帽匠睁大了眼睛,可他说出口的却是:"为什么乌鸦像书桌?"

　　"我相信我能猜到。"爱丽丝大声说。她高兴地发现,他们在猜谜语。

"你是说你觉得自己知道答案，是吗？你应该怎么想就怎么说。"三月兔说。

"我是这样做的啊，"爱丽丝回答道，"至少，我怎么说就怎么想——这是一回事呀。"

"根本不是一回事！"制帽匠说，"难道'我看见自己吃什么'和'我看见什么吃什么'是一个意思吗？"

"难道你可以说，"睡鼠好像在说梦话，也插言道，"'我睡觉的时候会呼吸'和'我呼吸的时候会睡觉'一样吗？"

"对你来说是一样的。"制帽匠对睡鼠说，接着没人说话了。

制帽匠首先打破了沉默。"今天几号？"他转向爱丽丝问道。他从兜里掏出了怀表，时不时摇晃一下，贴在耳边听听。

"四号。"爱丽丝回答。

"错了两天！"制帽匠叹了口气。"我和你说过，黄油不合适！"他生气地看着三月兔补充道。

"那是最好的黄油。"三月兔轻轻地回答。

"没错，但肯定有面包屑进去了。"制帽匠嘟囔道。

三月兔沮丧地看了看怀表，把它丢到茶里，又看了看。"这块表真有意思！"爱丽丝说，"只显示日期，不显示时间！"

"为什么要显示时间呢？"制帽匠嘟囔道，"你的表会显示哪一年吗？"

"当然不会，"爱丽丝回答，"可那是因为很长很长的时间都是同一年。"

"对我来说也一样。"制帽匠说。

知识园地

计时

最古老的计时装置体积很大,无法随身携带。

几千年前,人们通过观察太阳、月亮和星星的位置来计算时间,他们创造了简单的日晷。后来,古罗马人在此基础上制作出了巨型日晷。直到700年前,人们才发明了机械钟。后来发明家利用"电"这一现代发明制造出了更精确的时钟。如今,最准确的时钟是原子钟,其精度可以达到每2000万年才误差1秒。

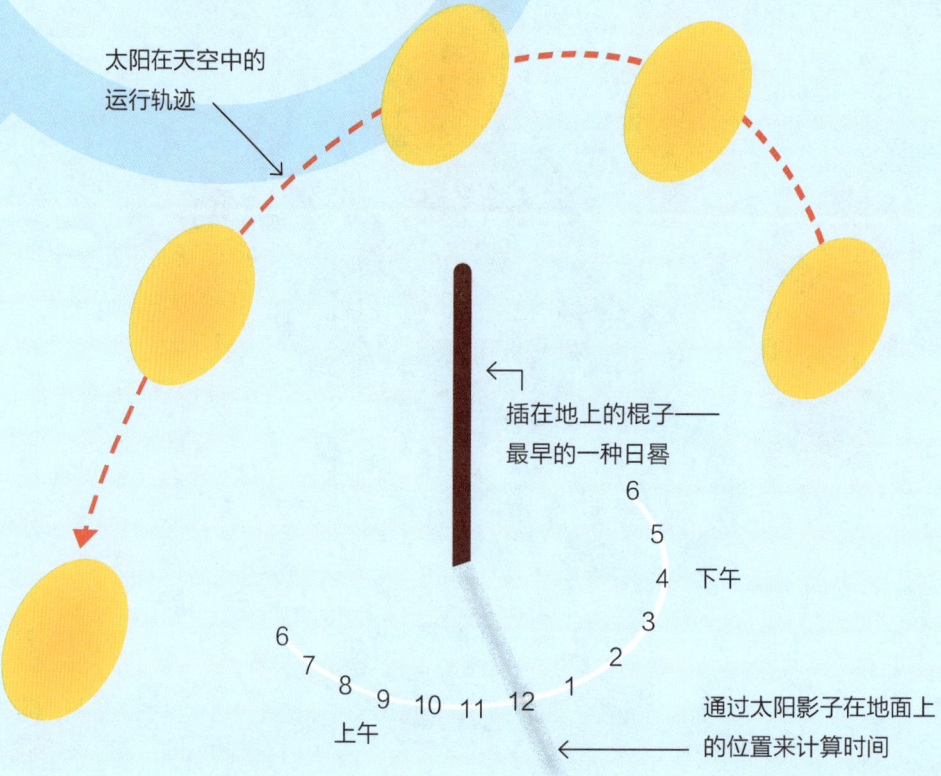

太阳在天空中的运行轨迹

插在地上的棍子——最早的一种日晷

通过太阳影子在地面上的位置来计算时间

"我不太明白。"爱丽丝尽可能礼貌地说。

"你猜到那个谜语了吗?"制帽匠问。

"没有,我不猜了,"爱丽丝回答,"谜底是什么?"

"我完全不知道。"制帽匠说。

爱丽丝无聊地叹了口气。"你们有时间,就应该做些有意思的事,"她说,"而不是问一些没有答案的谜语,浪费时间。"

"如果你像我一样了解时间,"制帽匠说,"你就不会说浪费了。我想你从来没有和时间说过话!"

"也许没有,"爱丽丝小心翼翼地回答,"但我学音乐的时候要打拍子。"(注:英语里"time"既有"时间"的意思,也有"拍子"的意思;而"beat time"的字面意思是"打时间",但实际上是"打拍子"的意思。)

"啊!它是不会忍受挨打的。"制帽匠说,"去年三月,我

 制作日晷

珍惜时间、消磨时间、浪费时间……我们以各种各样的方式使用时间。那我们究竟是从什么时候开始计算时间的呢?

把书翻到第106页,制作一个日晷吧,这是人类最早使用的计时器。

们吵过一次架。那是在红心王后举办的大型音乐会上，我要唱'一闪一闪，小蝙蝠，我多想知道你要往哪飞！'，你知道这首歌吗？"

"我听过差不多的。"

"哎，我还没唱完第一段，"制帽匠说，"王后就跳起来，大声喊道'他在谋杀时间！砍了他的头！'"（注：原文 murdering the time 的字面意思是"谋杀时间"，但实际上指的是"乱了节拍"。）

"太可怕了！"爱丽丝感叹道。

"打那时起，"制帽匠悲哀地继续说道，"我让时间做什么，它都不肯了！所以一直是六点钟。"

爱丽丝突然想到了什么，"所以这里才摆了这么多茶杯？"她问。

"没错，"制帽匠叹了口气说，"一直是喝茶的时间，我们没空洗茶杯。"

"我猜，你们就一直围着桌子转圈？"爱丽丝说。

"一点儿不错。"制帽匠说。

"咱们能不能换个话题？"三月兔打了个哈欠插嘴道，"我已经听够这个了。我提议这位年轻的女士给我们讲个故事。"

"恐怕我一个故事也不会讲。"爱丽丝惊慌地说。

"那就让睡鼠讲吧！"他们俩一起喊道，"醒醒，睡鼠！"

睡鼠慢慢睁开眼睛。"我没有睡着，"他用虚弱而嘶哑的声音说，"你们说的，我都听到了。"

"给我们讲个故事吧！"三月兔说。"快点儿讲，"制帽匠

补充说,"要不你没讲完就又睡着了。"

"很久很久以前,有三个小姐妹,"睡鼠急忙开始讲道,"她们叫埃尔茜、莱西和蒂莉。她们住在井底。"

"她们靠什么生活?"爱丽丝问,她总是对吃的和喝的特别感兴趣。

睡鼠想了一两分钟后说:"她们靠吃糖浆活着。"

"她们会生病的!"爱丽丝说。

"她们真的生病了。"睡鼠说。

"可她们为什么要住在井底呢?"爱丽丝问道。

"再多喝些茶吧。"三月兔热心地对爱丽丝说。

"我还一口没喝呢,"爱丽丝生气地说,"所以不能再多喝。"

"你是说不能少喝吧,"制帽匠说,"既然没喝,多喝不是很容易嘛。"

爱丽丝不知道如何作答,就喝了点茶,吃了些黄油面包,接着回头问睡鼠:"她们为什么住在井底?"

睡鼠想了一分钟说:"那是一口糖浆井。"

"没有这种井!"爱丽丝很是懊恼,可制帽匠和三月兔却说:"嘘!嘘!"睡鼠不高兴地说:"如果你不能懂点儿规矩,最好自己把这个故事讲完。"

"还是请你继续讲吧,"爱丽丝谦虚地说,"我不会再打断你了。"

"我想要个干净的杯子,"制帽匠插嘴说,"让我们都挪一个地方吧。"

制帽匠往前挪了一个位置，其他人也跟着动了起来。换了位置以后，制帽匠是唯一得到好处的人，爱丽丝的位置比原来更糟了，因为她换到了三月兔原来的位置，而三月兔刚把牛奶洒在了盘子里。

没过多久，睡鼠又睡着了。爱丽丝从桌子上溜走的时候，其他人似乎并没有注意到。

"我再也不会去那里了！"爱丽丝说着厌恶地回头看了一眼。

爱丽丝在树林里走着，突然发现一棵树上有一个小门。"真奇怪啊！"她想，"不过，今天的每一件事都很奇怪。我不如进去看看！"于是，她推门走了进去。

爱丽丝发现自己再次回到了那个长长的大厅里，来到了那张小玻璃桌旁。"这次我应该可以表现得好一点。"她对自己说。于是，她拿起小金钥匙，打开了通往花园的门。

依次轮换

当制帽匠、三月兔、睡鼠和爱丽丝挪动位置时，他们会围着桌子转圈。

把书翻到第108页，旋转一下简单的图形来创造复杂的图案吧。

知识园地

透视画法

15世纪以前的所有绘画作品都有一个共同点,那就是缺乏透视感。

在这样的画面中,所有东西看起来都是平的。在近代绘画和摄影作品中,画面中的线条会通往背景中的一个点,这个点就是"消失点"。物体越接近消失点,看起来越小,直到完全消失。

知识园地

 动手做一做

制作日晷

几千年前,人们是怎样计时的?让我们来效仿一下吧。只要一根棍子,选一个晴朗的日子,外加一些耐心就可以了!

准备材料

- 装满土的花盆
- 长长的棍子
- 粉笔
- 时钟或手表
- 阳光充足的地方

1

将装满土的花盆放在室外一个有阳光的地方。花盆周围要有足够的空间,能让你在周围画一圈数字。

2

将棍子插入土中,使其笔直地指向天空。确保棍子插得很紧,不会倾倒。

3

盯着时钟,当它到达整点,比如12点时,开始行动。你能看到棍子的影子随着太阳的移动而移动吗?

科学

提示

如果你选择在草地上做这个实验，那就不要用粉笔了，可以用一大张纸和记号笔。找东西压住纸，免得它被风吹走了。

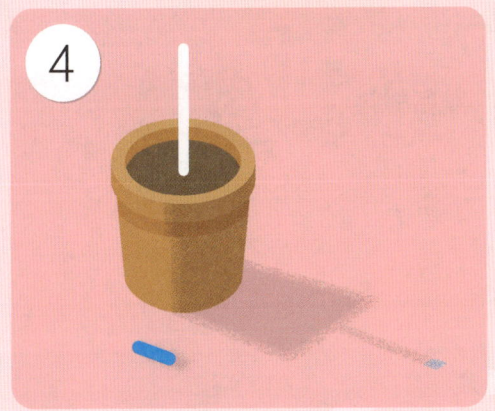

④ 每到一个整点，就用粉笔在影子顶端做一个标记。

⑤ 在标记旁边写上数字，如果是12点，就写上"12"。

⑥ 每隔1个小时，重复这个过程，标记影子的位置，直到日晷画好。

 **原理**

明天你就可以用你做好的日晷来判断时间了。当太阳在空中移动时，棍子投下的影子会对着记号的不同位置。通过判断影子的位置，你就可以知道是什么时间了。

035

动手做一做

旋转图形

旋转图形看起来很复杂，但画起来其实很简单。给你画好的图形涂上颜色，让它变得更好看吧。

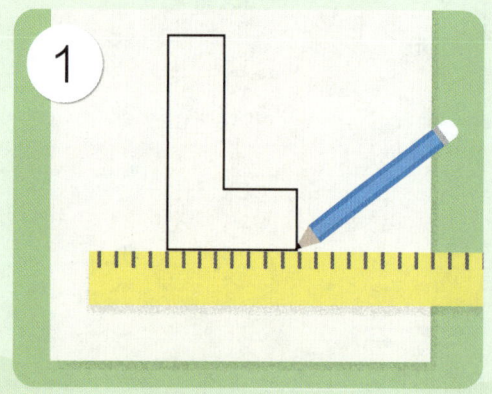

准备材料
- 尺子
- 铅笔
- 纸
- 卡片
- 剪刀
- 图钉

如图所示，用尺子在卡片上画一个"L"形图形，长边大约10厘米长。

请大人帮忙，把这个图形剪下来。

将这个图形放在一张纸上，用图钉将其固定好（注意做好防护，不要把下面的东西扎坏了）。

数学

提示

试着把图钉移到图形的不同地方，画一个新的图形。也可以剪一个新的图形，画一画。

4 用一只手固定住图形，另一只手握住铅笔在下面的纸上画出图形的轮廓。

5 保持图钉的位置不动，将图形旋转一定角度，再画一个。

6 继续旋转图形，隔一定角度停一下（注意，旋转角度保持一致），画一个"L"形图形，直到转完一圈。等你觉得可以了，就取出图钉，开始给图案上色吧！

原理

这种图案是围绕固定点旋转一个图形画出来的。图案中的每个图形都是一样的，只是空间位置不同。在数学上，这被称为"旋转"。

037

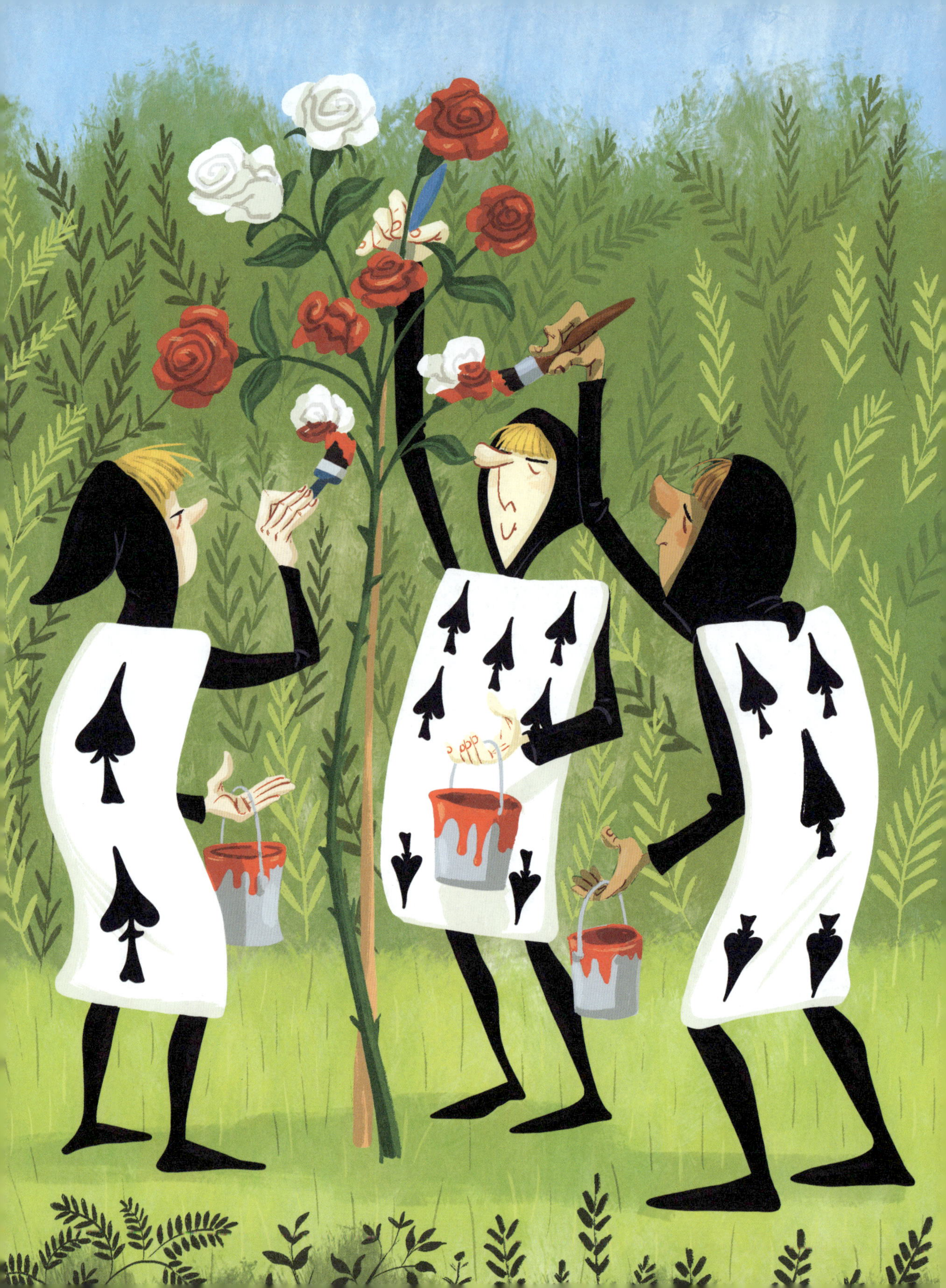

第八章　王后的槌球场

爱丽丝啃了一点儿她放在兜里的那块蘑菇，直到变成一英尺（约三十厘米）高。她穿过窄窄的通道，终于来到了漂亮的花园里，来到了五颜六色的花坛和清凉的喷泉之间。

花园的入口附近，有一棵很大的玫瑰树。玫瑰是白色的，有三个园丁正忙着把它们涂成红色。爱丽丝走近的时候，听到其中一个园丁说："小心点，老五！别把油漆溅到我身上！"

"我也没办法，"老五闷闷不乐地说，"老七撞了我的胳膊。"这时，老七抬起头说："典型的老五！总是把责任推给别人！"

"你最好别说话！"老五说，"我昨天还听到王后说你应该受到惩罚呢！"

"为什么？"先说话的那个人问道。

"跟你无关，老二！"老七说。

"当然跟他有关。因为他给厨娘拿错了东西，应该拿洋葱，他却拿了郁金香的根！"

老七扔下刷子，开口说道："好吧，我碰到过很多被冤枉的事——"这时，他发现爱丽丝正在看着他们，于是停了下来，其他两个也转过身来，他们都深深鞠了一躬。

"你们能不能告诉我，"爱丽丝怯生生地问，"你们为什么要给这些玫瑰花涂上颜色？"

老五和老七没有说话，而是看着老二。老二小声说道："哎，小姐，这里本应该有一棵红玫瑰树，但我们种错了，种了一棵白玫瑰树。如果王后发现了，我们都会受到惩罚。"

这时，一直焦急望着花园那头的老五叫道："王后！王后！"三个园丁立刻趴倒在地。爱丽丝环顾四周，看到一支队伍正走过来。

最前面是十个拿着棍棒的士兵，他们和那三个园丁一模一样，都是长方形的扁平身子，手和脚在四个角上。接下来是十个镶有钻石的朝臣，他们也和士兵一样，两两并排走着。再后面是十个王室的孩子，他们身上装饰着红心，两个一对，欢快地、一蹦一跳地走着。接下来是宾客，大部分是王公贵妇。这时，爱丽丝看到了白兔，他正紧张快速地说着话，脸上一直保持着微笑。后面是红心杰克，他用深红色的天鹅绒垫子托着国王的王冠。最后是红心国王和红心王后。

变色的花朵

要改变花的颜色，方法可不止一种。

把书翻到第122页，将一束白色康乃馨变成彩色的吧。

你看到了什么颜色？

我们身边的物体吸收和反射光线的方式各不相同，物体呈现的颜色也与此有关。

红玫瑰反射红光，白玫瑰反射白光。除了被反射的颜色，其他颜色都被吸收了，所以我们看不到这些颜色。我们看到的颜色取决于眼睛看到的光的波长。在可见光中，我们看到的频率较低（波长较长）的光是红光和橙光，频率较高（波长较短）的是紫光和蓝光，而处于中间的是绿光。

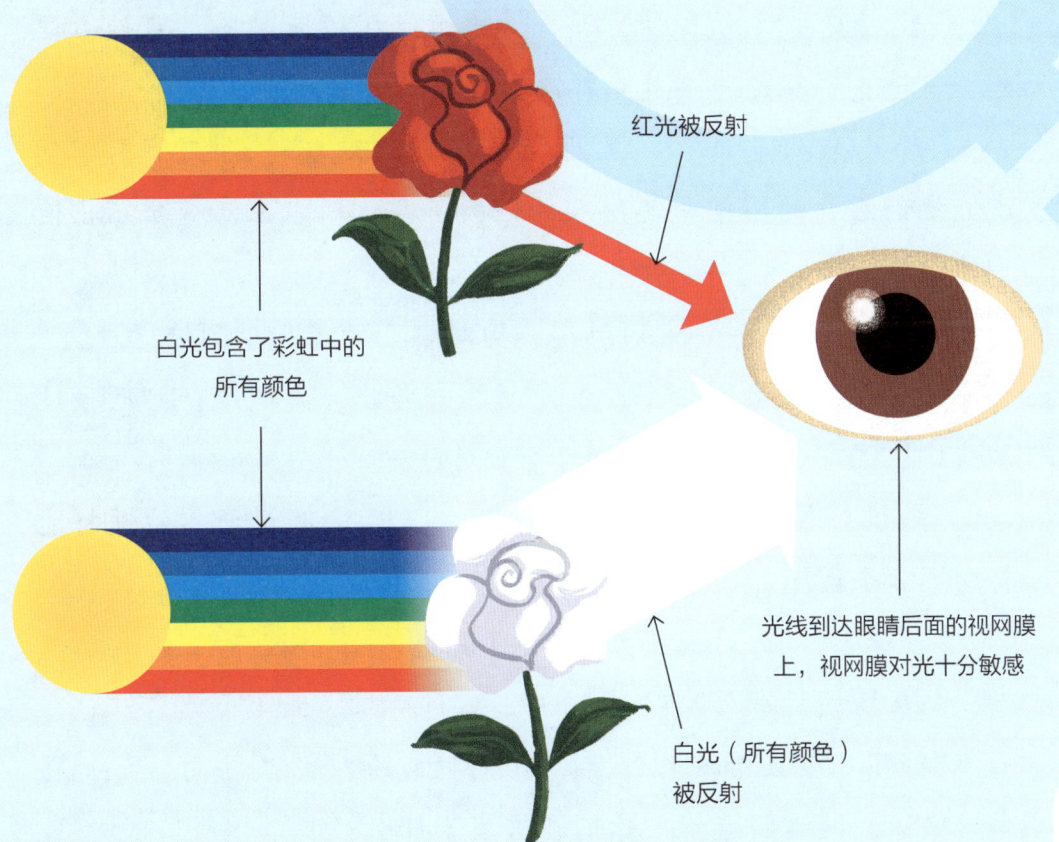

白光包含了彩虹中的所有颜色

红光被反射

白光（所有颜色）被反射

光线到达眼睛后面的视网膜上，视网膜对光十分敏感

当游行队伍经过爱丽丝的时候，大家都停下来看着她。王后严厉地问红心杰克："她是谁？"红心杰克只是鞠躬微笑，并不作答。

"白痴！"王后说。她不耐烦地甩了甩头，转向爱丽丝问道："你叫什么名字，小孩？"

"我叫爱丽丝，王后陛下。"爱丽丝礼貌地回答，可她心里想，"哼，不就是一副扑克牌嘛！我用不着怕他们。"

"那几个人是谁？"王后指着趴在玫瑰树旁的三个园丁问道。他们后背的图案和其他人的一模一样，所以王后分辨不出他们是谁。

"我怎么知道？"爱丽丝说，她对自己的勇气感到惊讶。

王后气得满脸通红，瞪了爱丽丝一会儿，尖叫道："砍了她的头！砍了——"

"胡说！"爱丽丝非常大声地说。王后没有说话，她愤怒地转向那三个园丁。

"起来！"王后尖着嗓子大声说道。三个园丁立刻跳了起来，向在场的所有人鞠躬。

"够了！"王后尖叫道，"你们把我弄得晕头转向。"她转向玫瑰树，继续问道："你们在这里干什么呢？"

选择颜色

在美术理论中，彩虹的颜色都包含在色轮中（不过，我们的眼睛可以看到更多的颜色）。

有3种原色、3种二次色和6种三次色。我们用红、蓝、黄三原色来创造所有其他颜色。

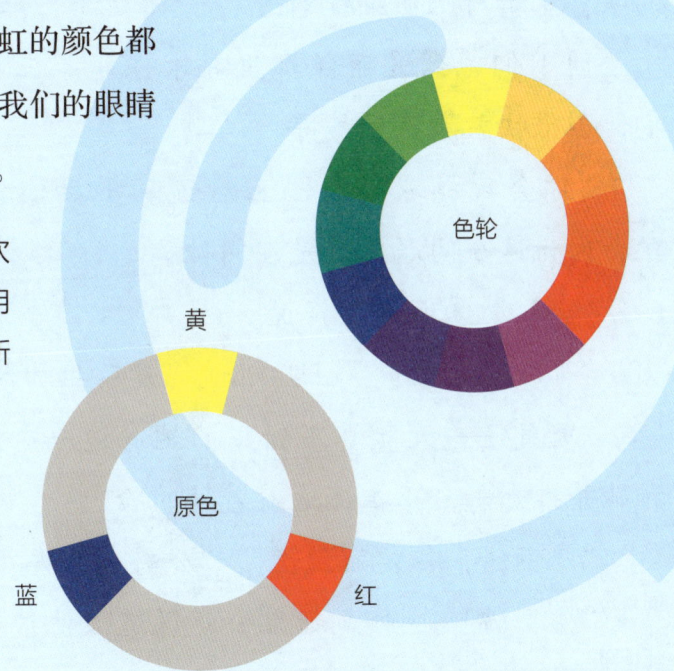

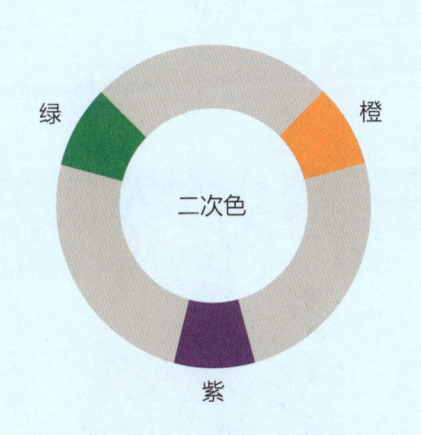

二次色是由两种原色混合而成的，它们是紫色、绿色和橙色。

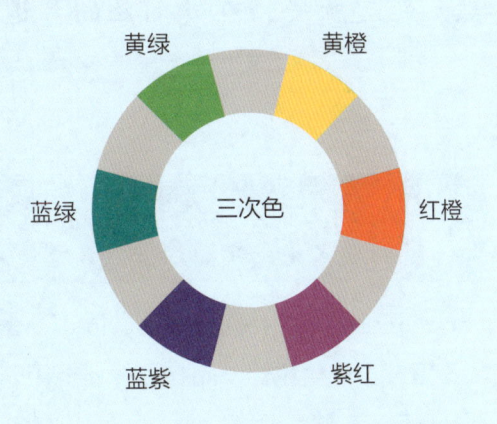

三次色由一种原色和一种二次色混合而成。在色轮上，它们介于原色和二次色之间。

"王后陛下，"老二单膝跪地，用非常谦卑的声音说，"我们刚才在——"

"我明白了！"王后说。她一直在打量玫瑰花。"砍了他们的头！"游行队伍继续前进。

园丁们跑到爱丽丝那里寻求保护。三个士兵走过去寻找他们，但很快就放弃了搜寻。

"你会玩槌球吗？"王后说。士兵们都不说话，看着爱丽丝，因为这个问题显然是在问她。

"会！"爱丽丝大声说。

"那就跟来吧！"王后吼道。爱丽丝加入了游行队伍。

"天气——天气真不错！"她身边一个胆怯的声音说。白兔和她并排走着，正担忧地看着她的脸。

"是不错，"爱丽丝说，"公爵夫人呢？"

"嘘！嘘！"白兔赶紧小声说道。他边说边不安地往后看，然后踮起脚尖，在爱丽丝的耳边说："她要受到惩罚了。"

纸牌屋

在仙境中，扑克牌扮演着园丁、士兵和王室成员的角色。一副扑克牌还能用来做什么呢？

把书翻到第124页，用扑克牌搭建一个"纸牌屋"，别让它倒了哦！

"为什么呀？"爱丽丝说。

"你是说'真可怜'吗？"白兔问。

"不是啊，"爱丽丝说，"我不觉得有什么可怜的。我是说'为什么'。"

"她打了王后——"白兔开始说道。爱丽丝笑出声来。"哦，嘘！"白兔用惊恐的语气低声说道，"王后会听见的！是这样的，公爵夫人迟到了很久，王后说——"

"各就各位！"王后用雷鸣般的声音喊道。大家朝各个方向跑去，等他们找好位置，比赛就开始了。爱丽丝心想，自己从来没有见过这么奇特的槌球场：到处都是沟沟坎坎，球是活刺猬，槌子是活的火烈鸟。士兵们不得不弯下身子，双手双脚着地，形成拱形的球门。

爱丽丝最大的困难就是摆弄她的火烈鸟。她可以把火烈鸟的身体妥妥地夹在胳膊底下，让他的腿耷拉在后面。可就在爱丽丝把鸟脖子抻直，准备用鸟头给刺猬一击时，鸟会把头扭过来，抬眼看着爱丽丝，一脸疑惑的表情。爱丽丝忍不住大笑起来。

当爱丽丝把鸟头掰过去，再次准备击球时，她发现刺猬已经展开身体，准备爬走！除此之外，充当球门的士兵总是站起来，走向其他地方。这真是一场很难完成的比赛。

更糟糕的是，大家同时上场，互相争夺刺猬。没过多久，王后就大发雷霆，跺着脚大喊"砍了他的头！""砍了她的头！"

爱丽丝心里有些不安。她正在寻找逃跑的机会，这时，她注意到空气中出现了一个奇怪的东西。一两分钟后，她认出那是一个笑脸，于是自言自语道："竟然是柴郡猫！"

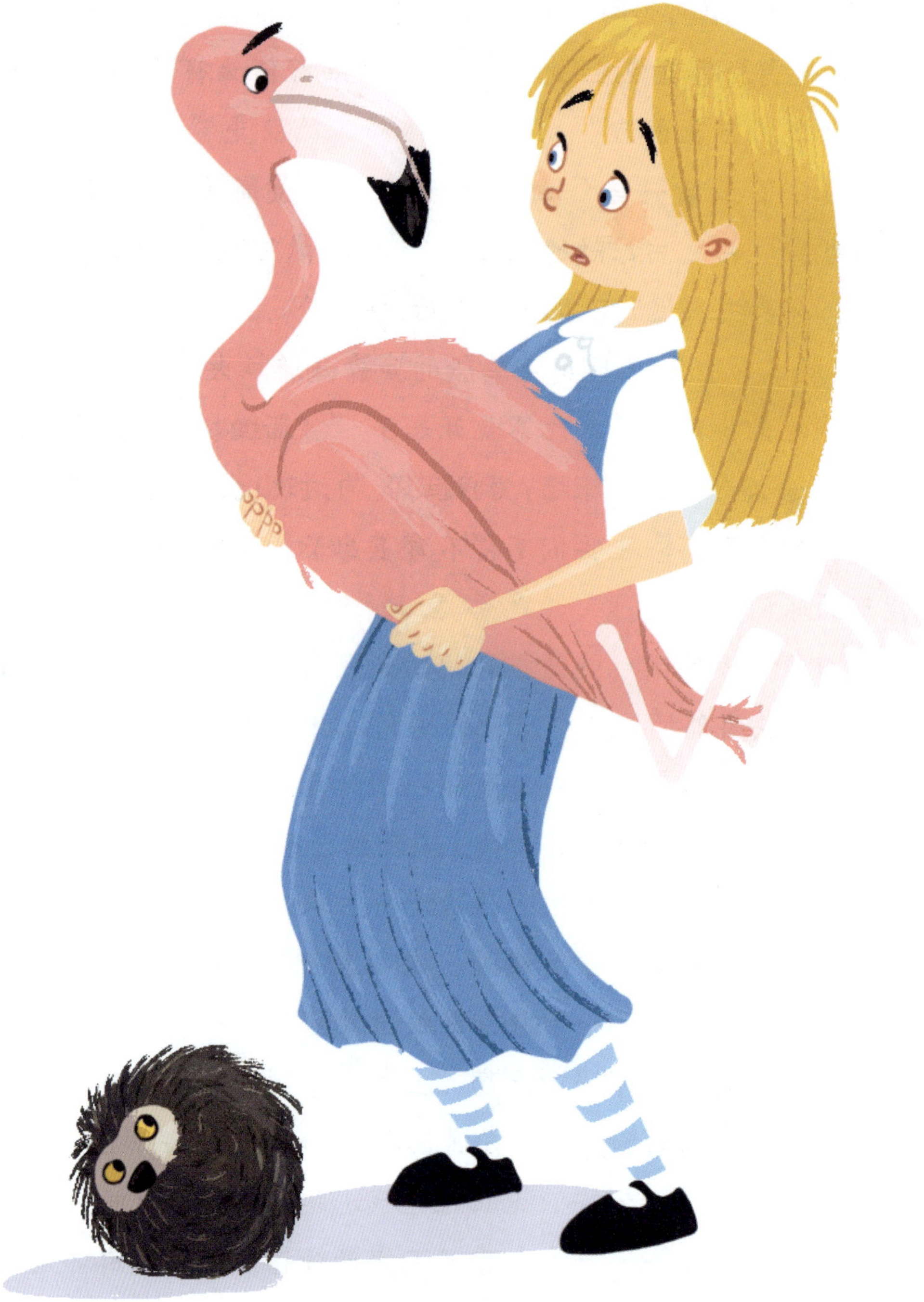

"你怎么样啊?"柴郡猫等露出来的嘴巴够他说话时才开口问道。

爱丽丝等柴郡猫的眼睛出现后,点了点头。"现在和他说话也没用,"她想,"得等他的耳朵露出来才行,至少得露出一只耳朵再说。"当柴郡猫的头完全出现后,爱丽丝放下火烈鸟,开始和他说槌球比赛的事。

"我觉得比赛一点儿都不公平,"她抱怨说,"他们吵得太厉害,好像也没有什么特别的规则,至少没有人遵守规则。你不知道场面有多乱,所有东西都是活的。刚才我本该贴击(注:槌球比赛中两球相触时击打自己的球,把对方的球撞走)王后的刺猬,但他一看到我的刺猬来了就跑了!"

"你喜欢王后吗?"柴郡猫小声问道。

"一点也不喜欢,"爱丽丝说,"她太——"就在这时,她发现王后就在她身后听他们说话。于是,她继续说道:"——有可能赢了,都用不着把比赛打完。"

王后笑着走了过去。

"你在和谁说话?"国王走到爱丽丝身边问。他好奇地看着柴郡猫的头。

"我的一个朋友——一只柴郡猫。"爱丽丝说。

"哦,他必须消失在我面前。"国王果断地说,他叫来了王后,"亲爱的!我希望你能让这只猫消失!"

只要遇到问题,不管是大是小,王后只有一种解决方法。"砍了他的头!"她说,甚至都没回头看一眼。

国王看起来很高兴,赶紧去找士兵。

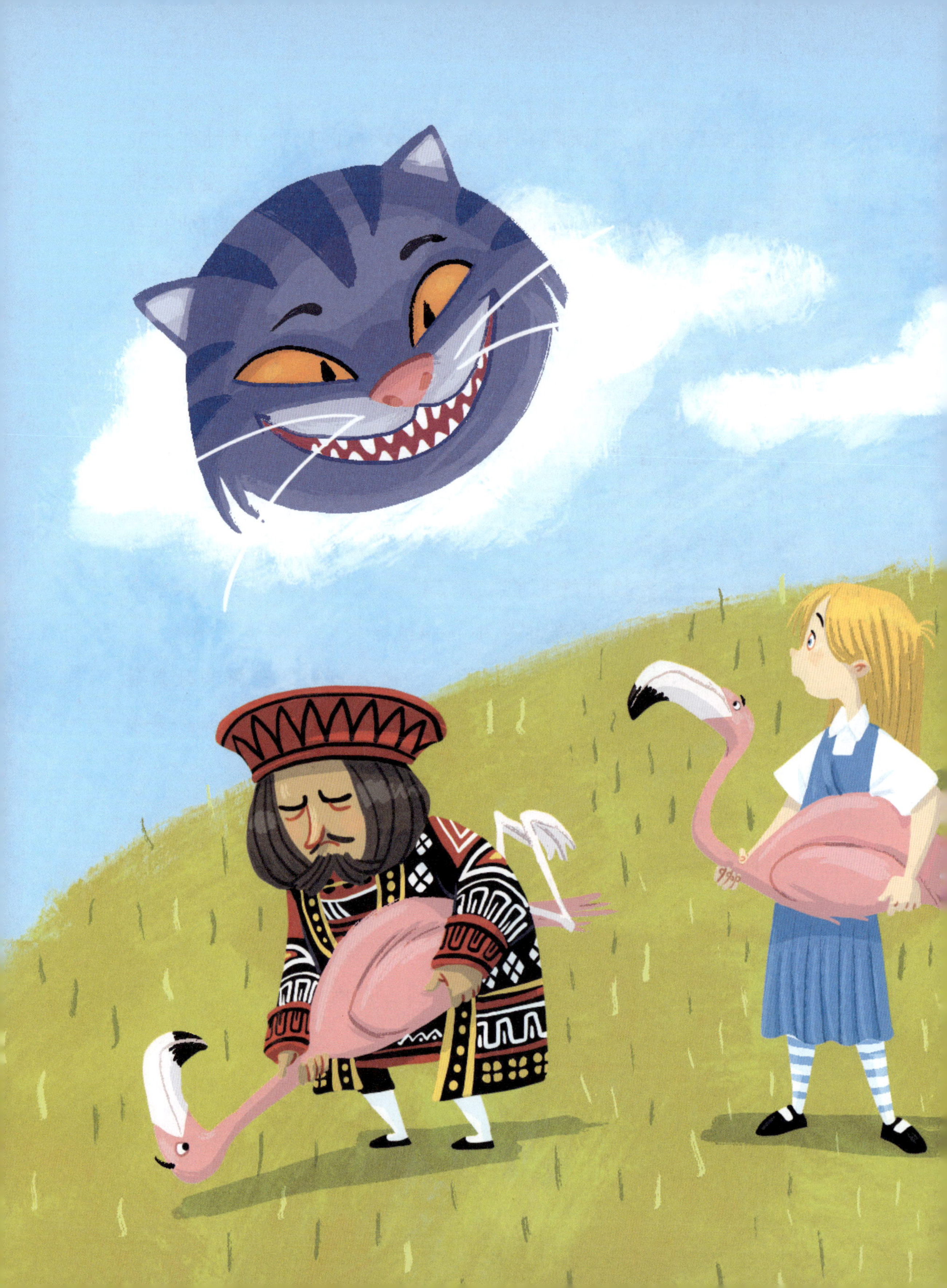

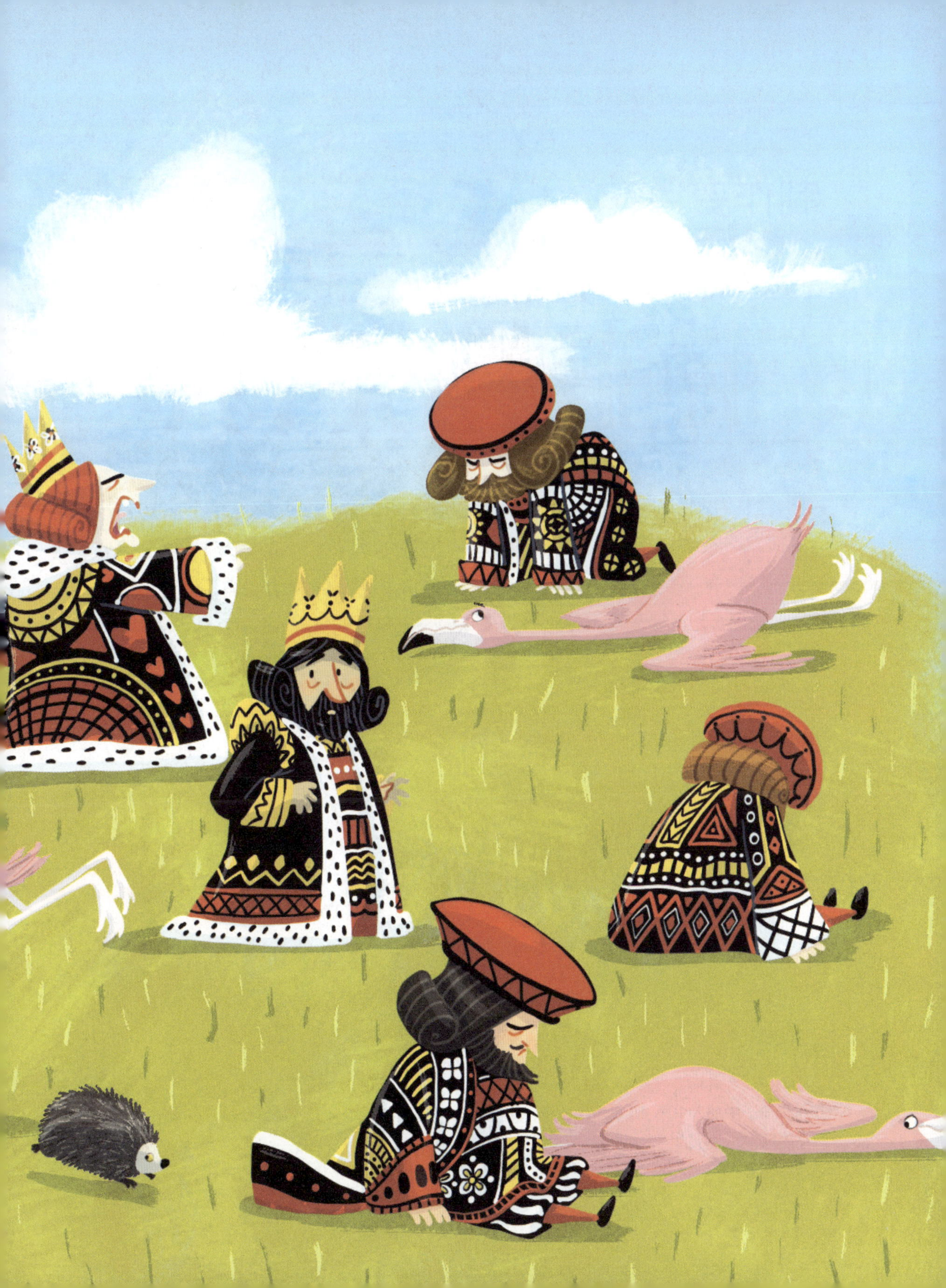

动手做一做

制作变色花

王后的园丁们正忙着把所有的白玫瑰涂成红色，以取悦王后。还有一种方法可以改变花的颜色，而且根本不需要油漆。

1

准备材料

- 4个玻璃杯
- 水
- 食用色素（4种颜色）
- 剪刀
- 4朵白色康乃馨（或其他白色的花）
- 纸
- 钢笔或铅笔

往每个玻璃杯里倒上半杯水。

2

在每个杯子中加入10~15滴食用色素，每个杯子使用不同颜色的色素。搅动一下，让水和色素均匀混合在一起。

3

修剪花茎，之后将其稳稳地插在杯子中。

科学

提示
你想尝试多少种颜色都可以。其他品种的白花也一样适用。

4 在每个杯子里放一朵花，把它们放在安全的地方，以防被别人打翻！

5 将花放置3个小时后观察一下。你能看到花瓣上出现了其他颜色吗？每隔两三个小时回来查看一下进展。每次都在纸上记录一下结果。

绿色	红色
3小时=✓	3小时=✗
5小时=	5小时=
7小时=	7小时=
蓝色	黄色
3小时=✗	3小时=✓
5小时=	5小时=
7小时=	7小时=

6 将花放置一夜，第二天早上看看它们有什么变化？

原理
通常情况下，植物通过根部吸收水分。毛细管将水沿着茎部向上运输，使其进入花朵中。在我们的实验中，食用色素与水一起通过毛细管到达花朵上，所以花朵的花瓣呈现出了不同的颜色。

动手做一做

搭建"纸牌屋"

你能用一副扑克牌建一个"纸牌屋"吗？你只需要手稳一些，再加上一点儿耐心就可以了。看看你能搭多高吧？

准备材料
- 平面
- 一副扑克牌

1 选择一个不会打滑的平面。拿出两张扑克牌，将它们靠在一起，形成一个倒"V"字。

提示
旧扑克牌没有那么光滑，更容易搭建，这是因为它们的摩擦力更大（参见第15页）。

2 重复这个过程，直到有3个倒"V"字，也就是3个三角形，并排靠在一起。每两个三角形之间留有一个小小的缝隙。你可能要多练几次才能搭起来哦！

3 当搭好塔座后，小心地把两张扑克牌水平放在3个三角形的上面，形成一个平台。

工程

4

在平台的上面再搭两个三角形，每一个新搭的三角形都要位于下面两个三角形的中间。

5

在这两个三角形上面放一张扑克牌，形成一个平台。然后，小心地在上面搭最后一个三角形。它站住了吗？

6

多做几次实验，可以让底座更宽一些，这样搭建的"纸牌屋"会更高。

原理

"纸牌屋"的稳定性取决于几个因素。首先，要搭在有一定摩擦力的平面上，这样"纸牌屋"才会稳固（参见第15页）。其次，扑克牌最好是用过的，这样才不会太滑。再次，每个三角形（或顶点）都要保持一致。最后，你的手一定要稳！

053

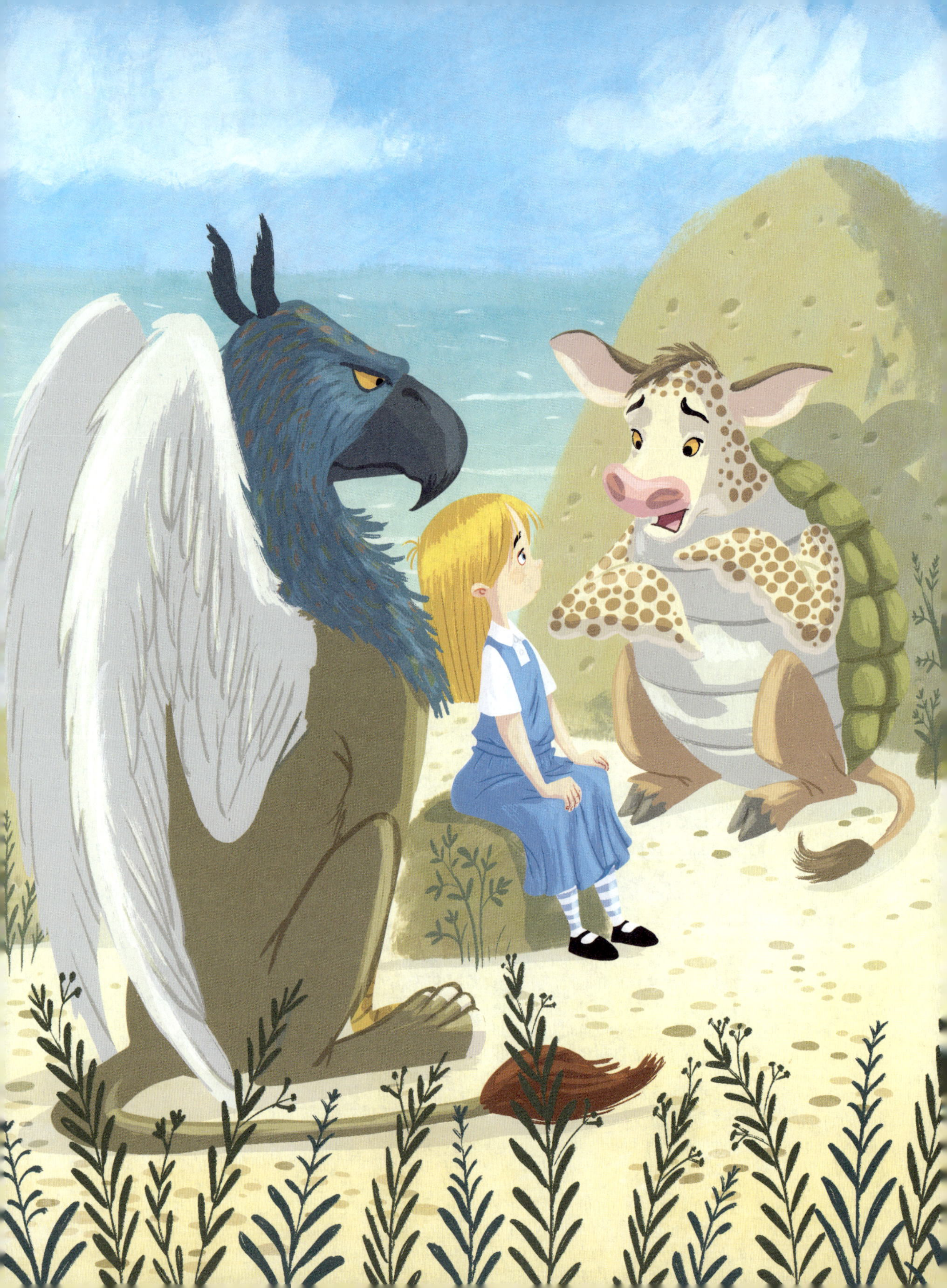

第九章　假乌龟的故事

爱丽丝听到王后在远处愤怒地尖叫着。她决定回到赛场上，可她的刺猬正在和另一只刺猬打架，她的火烈鸟已经跑到了花园的另一边，正往树上飞呢。

"无所谓了，"爱丽丝想，"反正这边的球门都没了。"

她准备回去继续和柴郡猫说话，结果发现他周围聚集了一大群人。一名士兵、国王，还有王后，他们正在争吵，而其他人看起来都很不安。

他们看到爱丽丝时，就问她应该如何惩罚一只身子只显现了一部分的猫。爱丽丝不知道该怎么回答，只能说："他是公爵夫人的，你们最好问问她。"

用纸折一只猫

柴郡猫的嘴一直咧得很大，吸引了不少注意力。

把书翻到第138页，用纸折一只柴郡猫吧。

"她在牢里，"王后对士兵说，"把她带来。"那个士兵像离弦的箭一样飞奔而去。

士兵一走，柴郡猫的头就开始慢慢消失。当公爵夫人被带来时，他已经完全不见了。

"亲爱的，你不知道再见到你，我有多高兴！"公爵夫人说着，亲昵地挽起爱丽丝的胳膊。

爱丽丝看到公爵夫人心情这么好，很是高兴。她想，之前是不是因为胡椒粉，她的脾气才那么暴躁。"也许人们脾气不好，都是胡椒粉给闹的，"她思考了一下，很高兴自己发现了一条新规则，"而醋会让人尖酸刻薄——"

"亲爱的，你在想事情吗。"公爵夫人插话说。她离爱丽丝更近了一点儿，说："你忘了说话，我现在说不上这有什么寓意，但一会儿就会想起来的。"

"也许根本没有什么寓意。"爱丽丝说。

"一切都有寓意，"公爵夫人说，"就看你能不能找到它。"

爱丽丝不喜欢离公爵夫人这么近。第一，她长得很丑；第二，她的身高正好可以把她那个硌人的尖下巴放在爱丽丝的肩膀上。

"比赛现在进行得好多了。"爱丽丝说，她不想失礼。

"没错，"公爵夫人说，"其中的寓意是——'哦，是爱，是爱让世界运转起来的！'"

"她多么喜欢在事情当中寻找寓意啊！"爱丽丝心想。

她们继续走着。"又在想事情了？"公爵夫人问。她用尖尖

看不见的世界

我们的眼睛是有限的,无法看到周围存在的一切东西。我们肉眼看不见的世界里,存在很多事物,如原子和细菌。

所有东西都是由原子组成的,包括你在内。原子对于你的眼睛(甚至强大的显微镜)来说,太小了,没有办法被看到。实际上,单个的原子非常小,就连光波都看不见它们,而会直接穿过去。

100万个原子摞在一起,也就一张纸那么厚

原子

的下巴在爱丽丝的肩膀上顿了顿。

"我有权利想事情。"爱丽丝很冲地说。

公爵夫人说："就像猪有权利飞一样，其中的寓——"

爱丽丝惊讶地发现，公爵夫人没声了，胳膊也开始颤抖。爱丽丝抬头一看，王后站在她们面前，两臂交叉，皱着眉头，仿佛暴风雨要来临一样。

"今天天气真好，王后陛下。"公爵夫人温顺地说道。

"听着，这是你最后的机会了。"王后跺着脚大声说道，"要么离开，要么接受惩罚，你选吧！"

公爵夫人一眨眼就不见了。

"我们继续比赛吧。"王后对爱丽丝说。爱丽丝吓得说不出话来，但还是缓慢地跟着王后回到了赛场上。其他宾客本来趁王后不在，都在树荫下休息，这时也赶紧回到了赛场上。

王后不停地喊着："砍了他的头！""砍掉她的头！"士兵们把要被砍头的人关押起来，所以他们暂时不能充当球门了。半个多小时过后，除了国王、王后和爱丽丝，所有参加比赛的人都被关了起来。

这时，王后停止了比赛，对爱丽丝说："你见过假乌龟吗？"

"没有，"爱丽丝说，"我都不知道假乌龟是什么。"

"就是用来做假乌龟汤的啊。"王后说。

"我从来没有见过，也没听说过。"爱丽丝回答。

"那么，来吧，"王后说，"让他给你讲讲他的故事。"

她们一起离开的时候，爱丽丝听到国王小声对在场的人说："你们都被赦免了。"

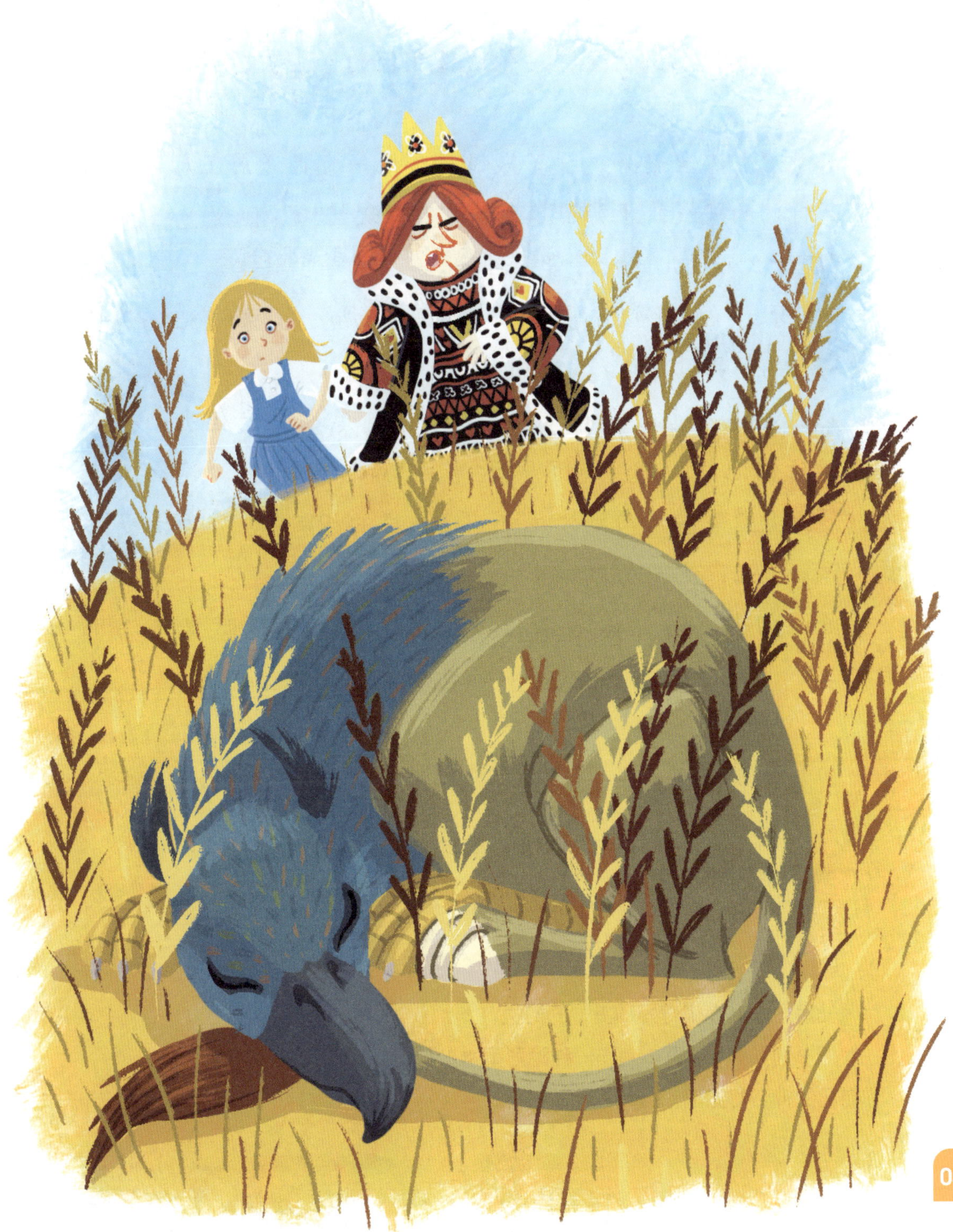

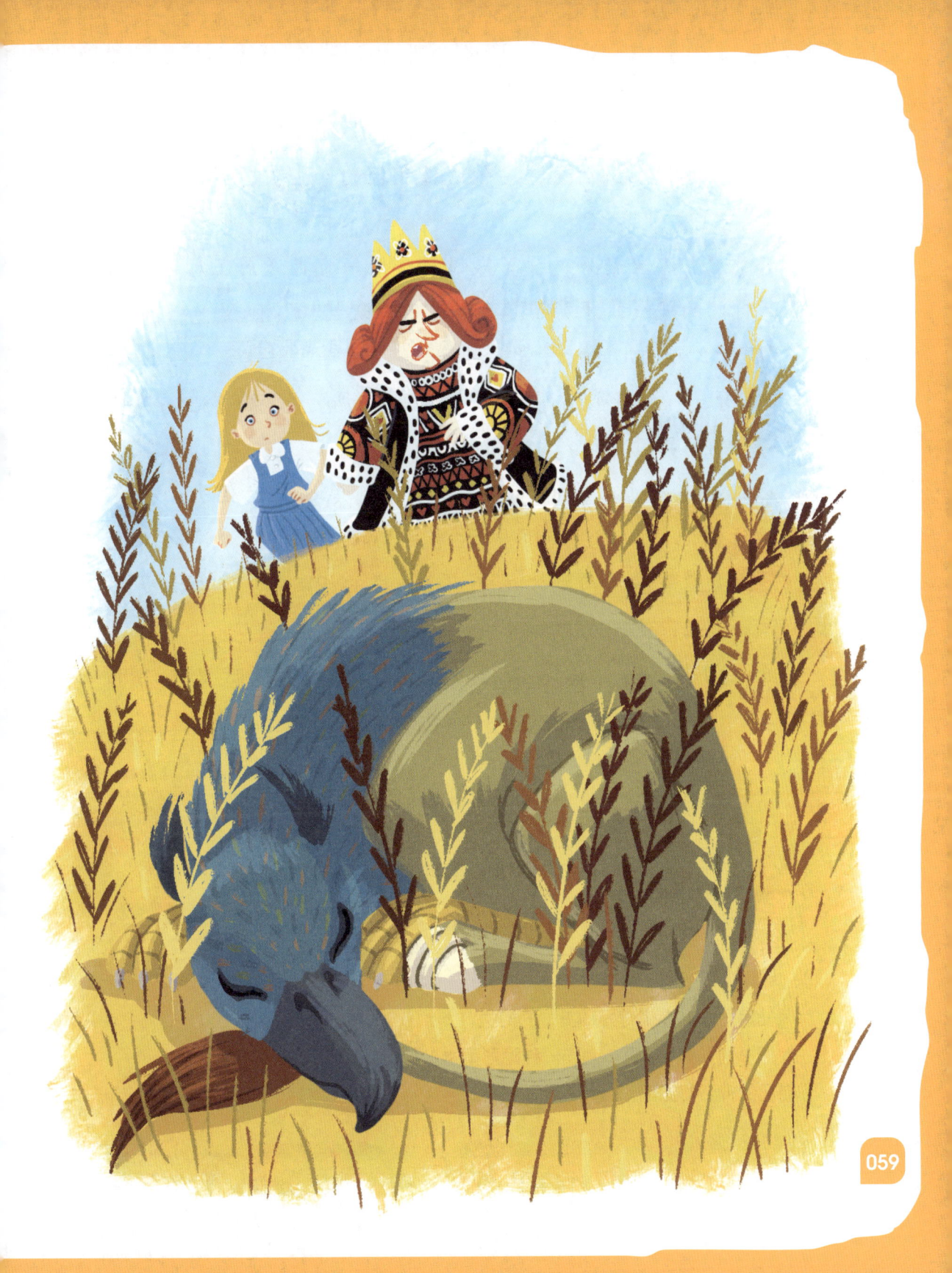

不一会儿，她们看到一只狮身鹰首兽躺在太阳底下睡觉。"起来，懒虫！"王后说，"带这位年轻的女士去听听假乌龟的故事。"

狮身鹰首兽坐起来，揉了揉眼睛。他一直目送着王后，直到她离开自己的视线，才笑了起来。"真好玩儿！"他说。

"有什么好玩儿的？"爱丽丝问。

"她呀，"狮身鹰首兽说，"那都是幻觉，你知道吧，她从来没有真的惩罚过任何人。快走吧！"

他们没走多远，就看到了远处的假乌龟。爱丽丝听到他在叹息，仿佛他的心都要碎了，于是问道："他为什么这么难过呢？"狮身鹰首兽用与刚才几乎一模一样的话回答："那都是幻觉，你知道吧，他一点儿都不难过。快走吧！"

当他们走近时，假乌龟看着他们，大大的眼睛里充满了泪水。

写密信

仙境之中充满了奇异和美妙的幻觉。

把书翻到第140页，制作一种隐形墨水，创造你自己的神奇幻觉吧。

"这位年轻的女士，"狮身鹰首兽说，"想听听你的故事。"

"我会讲给她听的，"假乌龟悲伤地说，"你们两个都坐下来，在我没讲完之前，不要说话。"

于是，他们坐了下来，有好一阵子没有一个人说话。

"从前，"假乌龟最后叹了口气说，"我是一只真乌龟。"

接下来，又是一段很长的沉默，只听见狮身鹰首兽偶尔"吼吼"地惊叫一声。

"我们小的时候，"假乌龟最后继续说，"去海里上学。"

"校长是一只老乌龟，我们都叫他海龟——"

"如果他不是海龟，你们为什么要叫他海龟呢？"爱丽丝问。

"我们叫他海龟，因为他教我们。"假乌龟说。（注："海龟"的英文是"tortoise"，"教"的英文过去式是"taught"，两个词发音类似。）

可怜的爱丽丝真想找个地缝钻进去。

"我们享受了最好的教育。我们先学习缠线和扭动，接下来是算术的不同分支——野心、消遣、丑化和嘲笑。"（注："缠线和扭动"的英文是"Reeling and Writhing"，假乌龟想说的"Reading and Writing"，即"阅读和写作"，两者读音相近。"野心、消遣、丑化和嘲笑"的英文是"Ambition, Distraction, Uglification and Derision"，假乌龟想说的"Addition, Subtraction, Multiplication and Division"，即"加、减、乘、除"，它们读音相近。）

"我从来没有听说过'丑化',"爱丽丝说,"那是什么呢?"

"我想,你知道什么是美化吧?"狮身鹰首兽说。

"知道,"爱丽丝不敢确定地说,"它的意思是使东西变得更漂亮。"

"那么,"狮身鹰首兽继续说,"如果你不知道什么是丑化,你就太蠢了。"

爱丽丝回头对假乌龟说:"那你们一周上几个小时的课?"

"第一天十个小时,"假乌龟说,"第二天九个小时,以此类推。"

"真是奇怪!"爱丽丝叹道。

"所以才叫上课啊,"狮身鹰首兽说,"一天比一天少。"(注:"上课"的英文是"lesson","少"的英文是"less",两个词读音相近。)

"上课的事就说到这儿吧,"狮身鹰首兽插言道,"赶紧给她讲讲比赛的事。"

"也许从来没人把你介绍给一只龙虾,所以你不知道什么是龙虾四重奏!"在狮身鹰首兽的帮助下,假乌龟表演了一种舞蹈,他们还唱起了歌。

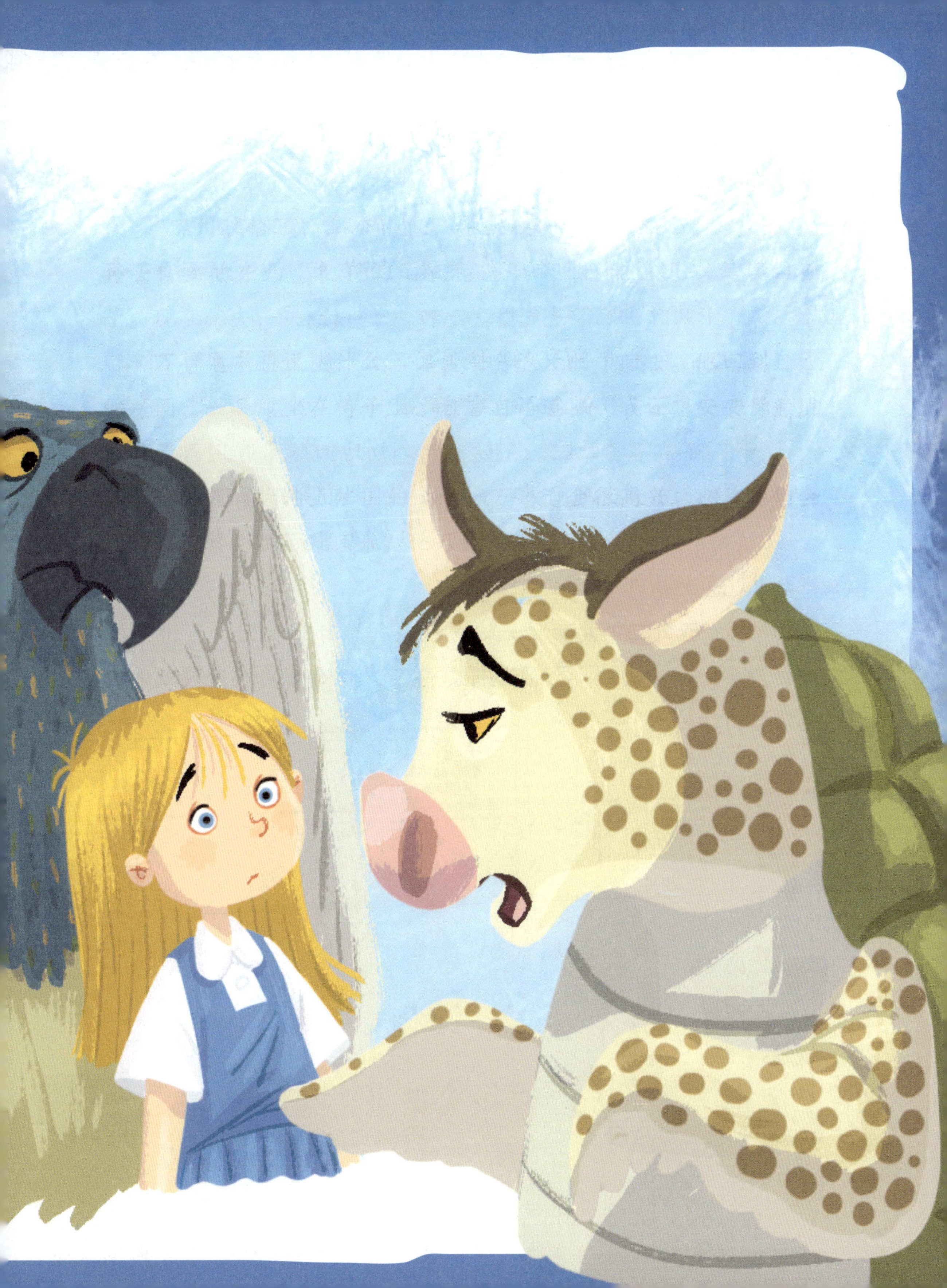

"谢谢，你们的表演很好看。"爱丽丝说，心里却暗自高兴可算演完了。

"现在，"狮身鹰首兽说，"让我们听听你的奇遇吧。"爱丽丝坐下来，给他们讲了这一天发生的所有事。当她讲到自己很难把诗背下来时，她很是气愤。

"要我们再表演一遍龙虾四重奏吗？"狮身鹰首兽为了缓和气氛问道，"还是让假乌龟唱首别的歌？"

"哦，还是唱首歌吧。"爱丽丝急切地回答。假乌龟正在唱的时候，他们听到远处传来一声呐喊——"审判开始了！"。

"快跑！"狮身鹰首兽一边喊一边拉起爱丽丝的手，不等歌声结束就匆匆离开了。

"什么审判？"爱丽丝一边跑一边气喘吁吁地问。可狮身鹰首兽只是说："快跑。"他跑得更快了，假乌龟的歌声在微风中越来越弱。

视错觉

幻觉会欺骗我们，让我们看到的东西和它们实际的样子不同，所以说我们可能会"看到"并不存在的东西。

这是因为我们的眼睛和脑之间的交流出现了混乱，脑被眼睛传递的信息弄糊涂了！

幻觉可能会欺骗你，让你以为静止的图画在移动，或者让你看到并不存在的形状和颜色。试着看看下面几幅图，你看到了什么？

动手做一做

用纸折一只猫

用纸折一只柴郡猫，别忘了它那令人印象深刻的咧嘴笑。

准备材料

- 正方形的纸
- 彩笔
- 胶带（可选）

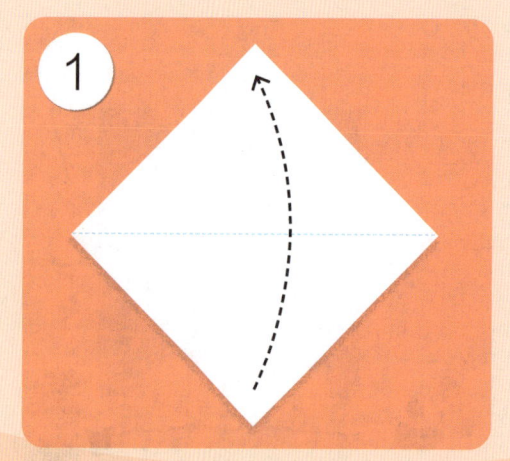

1 将正方形的纸沿着对角线对折，形成一个三角形。

2 将三角形再次对折，形成一个更小的三角形，将其展开，回到上一步。

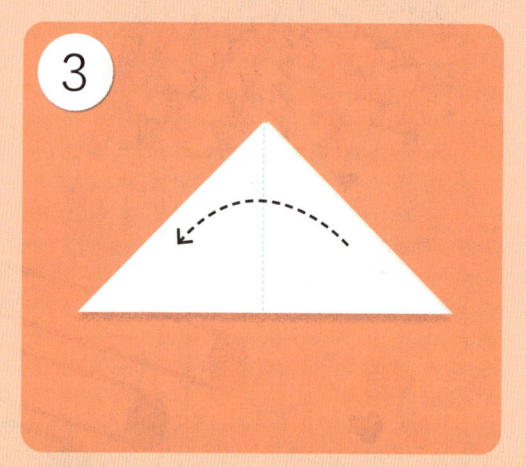

3 将三角形平放在桌子上，长边朝向你，三角形的顶点朝外。

艺术

提示

折完以后，你也可以用胶带把头后面粘一下，起到固定的作用。

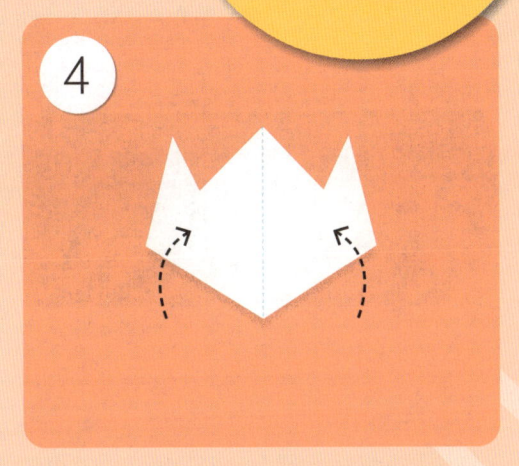

4

如图所示，将靠近你的左右两个角向上折叠。

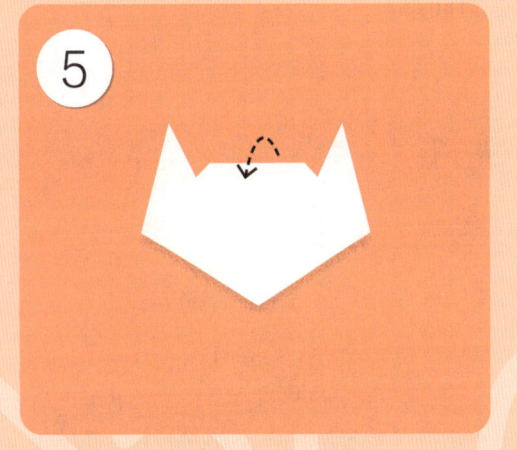

5

将顶角的一小部分向下折叠，形成一条直线，然后把纸翻过来。

6

现在，折好的纸就像柴郡猫的头部轮廓一样。用彩笔画出柴郡猫的眼睛、鼻子、胡须，还有那标志性的笑容。

原理

折纸是用纸制作艺术品的一种工艺。传统上，折纸用于各种仪式和特殊场合。折纸技艺现在已经传遍全球，你可以尝试折各种各样的东西。

067

动手做一做

写密信

用隐形墨水写信,可以确保机密的安全,只有知情者才能揭开它们的面纱!

准备材料
- 1个柠檬
- 小碗
- 1张纸
- 小画笔

1 请大人帮你把柠檬切成两半,将柠檬汁挤到碗里。

2 将画笔蘸上柠檬汁,在纸上写下机密信息。

3 写字时,要时不时蘸点儿柠檬汁,让画笔保持湿润。

科学

提示

你可以把柠檬汁换成其他酸性液体，如苹果汁、醋或牛奶。

4

将字晾干。

5

在大人的帮助下，插上电熨斗，调高温度，慢慢地在纸上滑行。不要在一处停留较长的时间，因为纸可能会被烧坏。

6

小心地关闭电熨斗，你能看到上面的机密信息吗？

原理

柠檬汁在电熨斗的加热作用下发生了化学反应（氧化反应），从而使纸上看不见的汁液变成了棕色，跃入我们的眼帘。

069

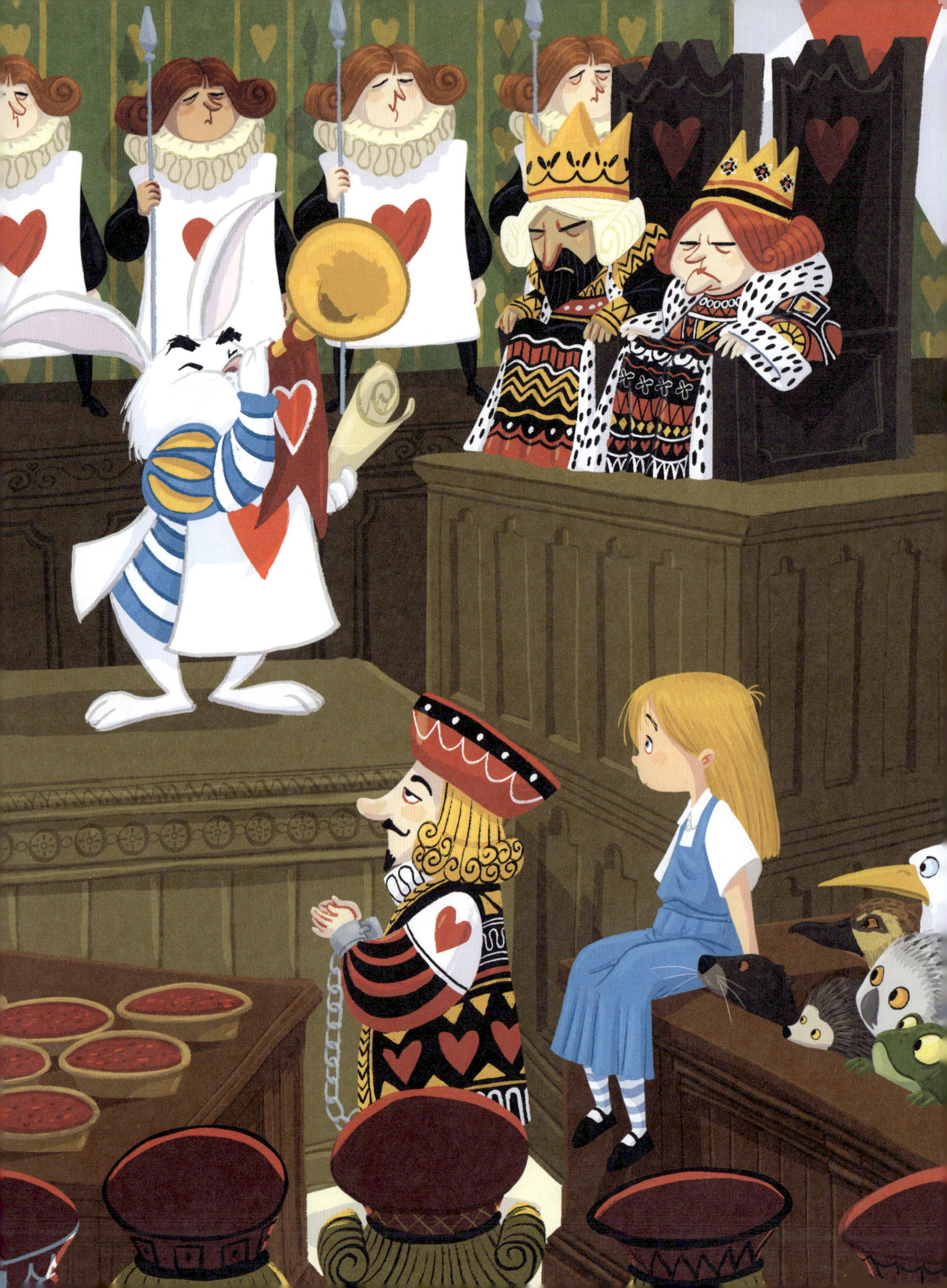

第十章　谁偷了馅饼？

爱丽丝他们赶到时，法庭上已经聚集了很多人。红心国王和红心王后坐在宝座上，红心杰克戴着镣铐站在他们面前。白兔站在国王身边，一只手拿着喇叭，一只手拿着一卷羊皮纸。桌子上摆了一大盘馅饼，爱丽丝觉得自己饿极了。

爱丽丝以前从未上过法庭，但在书里读到过。她高兴地发现，有几样东西她能叫得出名字。"那是法官，"她对自己说，"戴着大大的假发。"法官其实就是国王，王冠戴在假发的上面。"那是陪审团，"爱丽丝想，"那十二个是陪审员。"

陪审员们正在石板上写字。有一个陪审员（他是蜥蜴比尔）写字时，铅笔吱吱作响。爱丽丝趁机抢走了铅笔，动作非常迅速。

白兔吹了三下喇叭，打开羊皮纸卷，开始宣读指控内容：

"红心王后做馅饼，正是夏日好时光。红心杰克偷馅饼，一个不剩全拿光。"

"请考虑你们的裁决。"国王对陪审团说。

"还不到时候啊！"白兔急忙打断道，"还有很多事情要做呢。"

国王说："传第一个证人。"白兔吹了三下喇叭。

第一个证人是制帽匠，他一只手拿着茶杯，一只手拿着黄油面包走了进来。

国王对制帽匠说："把你的帽子摘下来。"

"这不是我的帽子。"制帽匠回答。

"是你偷的！"国王大声说道，同时目光转向了陪审团。

"帽子是用来卖的，"制帽匠解释说，"我是做帽子的。"

王后戴上眼镜，开始打量制帽匠，制帽匠的脸色变得煞白。

"拿出证据，"国王说，"不许紧张，要不我们会惩罚你。"

制帽匠不停地变换身体重心，从这只脚换到那只脚，显得十分不安。

就在这时，爱丽丝突然有了一种奇怪的感觉。她意识到自己又变大了！

王后还在盯着制帽匠。"把上次音乐会的歌手名单拿给我！"她对法庭上的一个官员说。听到这句话，可怜的制帽匠把自己的两只鞋都抖掉了。

"拿出证据。"国王愤怒地重复道。

制帽匠开始讲述自己是怎样喝茶和吃黄油面包的，又解释三月兔和睡鼠说的话，但他抖得太厉害了，话说得不清不楚。最后，他单膝跪地说："我是个可怜的人，陛下。""你是个非常糟糕的发言者。"国王继续说道，"如果你知道的只有这些，那你可以下去了。"

制帽匠连鞋子都没穿就匆匆离开了法庭。

"传下一个证人！"国王说。

这次轮到公爵夫人的厨娘了。她带着胡椒粉盒，门边的人都

知识园地

那是什么声音?

白兔的喇叭声在法庭上回响。声音是怎么产生的,又是怎么传播的?

当白兔往喇叭里吹气时,喇叭里的空气粒子开始振动。

这些振动的粒子形成声波,将声音从源头(喇叭)传到四周(法庭)。

当声波传到你的耳朵里时,耳膜会随之振动。振动的振幅越大,声音就越响。

声音到达耳膜

声波的振幅越大,声音越响

声波

空气粒子振动

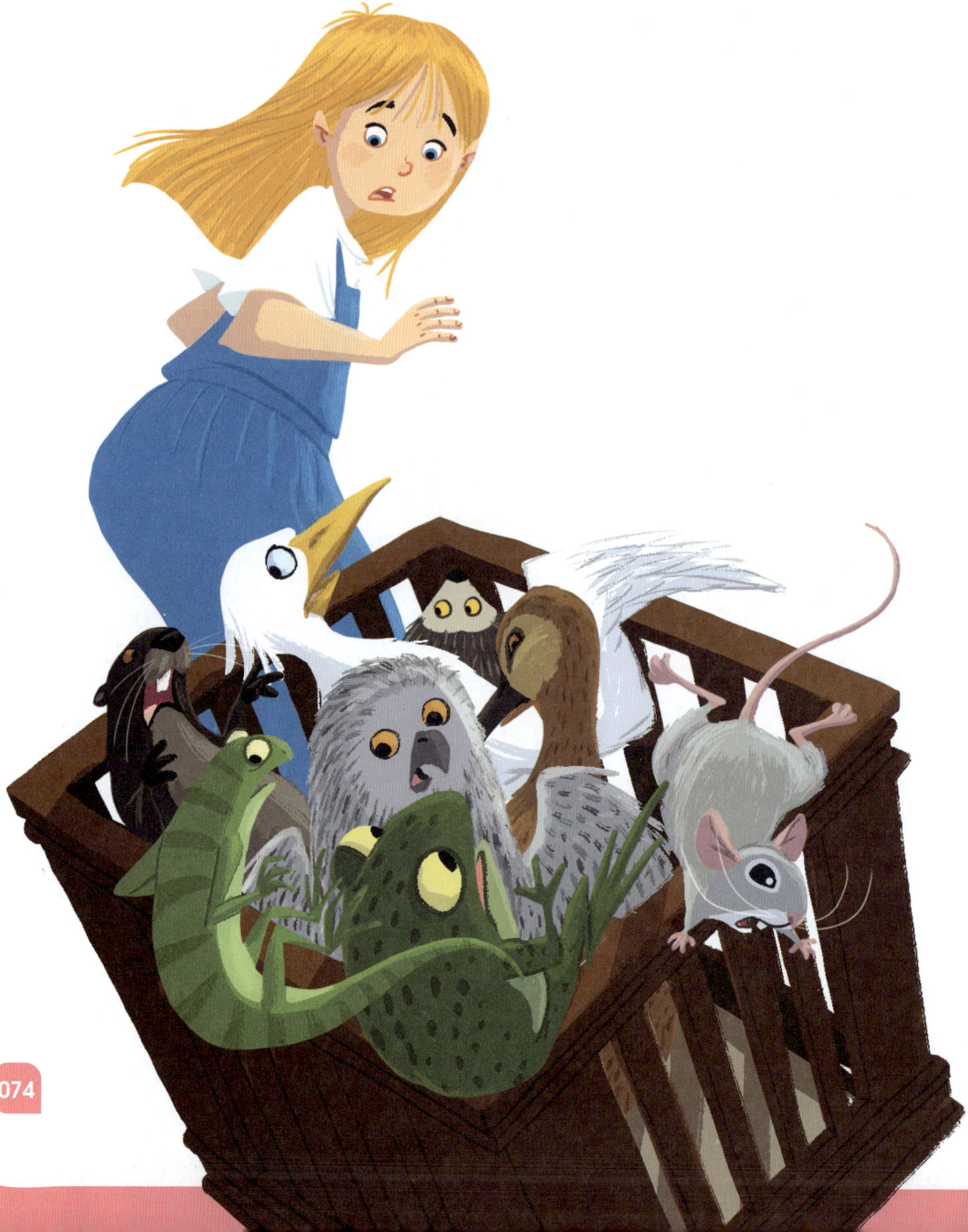

打起了喷嚏。

"拿出证据！"国王说。

"不拿。"厨娘说。

"馅饼是用什么做的？"国王问。

"主要是胡椒粉。"厨娘回答。

"是糖浆。"她身后一个困倦的声音说。

"把那只睡鼠带下去！"王后尖叫道，"拔掉他的胡须！"

几分钟的时间，整个法庭乱成一团，睡鼠好不容易被带了出去。当大家再次安定下来时，厨娘已经消失不见了。

"别管她了，"国王说着似乎松了一口气，"传下一个证人！"

白兔抚弄着名单，用尖细的小声音说道："爱丽丝！"

爱丽丝吃了一惊，喊道："我在这里！"她完全忘了自己已经变得很高，急忙跳起来时，裙子掀翻了陪审席，把所有陪审员都掀到下面听众的头上去了。

牛顿摆

爱丽丝的力气很大，掀翻了陪审席，陪审员一个撞一个，全都倒了。

把书翻到第154页，做一个牛顿摆，看看力的作用吧。

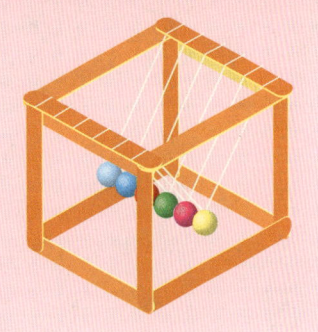

"非常抱歉！"爱丽丝大声说着，同时把他们一一"捡"起来。

"所有陪审员必须回到自己的位置上，"国王用严肃的口吻说，"审判才能继续进行。"他说话的时候狠狠地盯着爱丽丝。

爱丽丝看了看陪审席，发现她匆忙之中把比尔放颠倒了。这个可怜的小东西正头冲下摇着尾巴，怎么也转不过来。爱丽丝赶紧把他正了过来。

陪审团恢复平静后，审判继续进行。

"你对这件事了解多少？"国王问爱丽丝。

"什么都不了解。"爱丽丝说。

"这很重要。"国王说着目光转向了陪审团。

"陛下的意思当然是'这不重要'。"白兔插话说。

"当然。"国王说。

"肃静！"国王照着书念道，"第四十二条，所有超过一英里高的人都要离开法庭。"

所有人都看向爱丽丝。

"我没有一英里高。"爱丽丝说。

"你有。"国王说。"差不多有两英里高。"王后补充道。

爱丽丝有多高？

爱丽丝比陪审团高出许多，但没有人知道她到底有多高。

把书翻到第156页，看看如何测量高楼（或非常高的人）的高度吧。

"反正，我是不会离开的。"爱丽丝气呼呼地说，"另外，那一条是你刚编的！"

"这是书里最古老的一条规定，"国王说着转向陪审团，"考虑一下你们的裁决。"

"还有更多的证据呢。"白兔说着跳了起来。

"这张纸是刚捡到的。它看起来像是一封信，是红心杰克写给——哦，没有写收信人。"白兔把纸展开，"实际上，这不是一封信，而是一首诗。"

"是红心杰克的笔迹吗？"一位陪审员问。

"不是。"白兔说。陪审员都很疑惑。

"他肯定模仿了别人的笔迹。"国王说。

"陛下，"红心杰克说，"这不是我写的，他们也不能证明是我写的，结尾处没有署名。"

"如果你没签名，"国王说，"性质就更恶劣了。只有诚实的人才会签上自己的名字。"

"这证明他有罪！"王后说。

"什么都证明不了！"爱丽丝叫道。她几分钟就变得这么高大，根本不怕打断国王的讲话。

他们讨论了一会儿那首诗，但没有任何结果。"让陪审团考虑一下裁决！"国王再次喊道。

"不！"王后说，"先判刑，后裁决。"

"这是我听过的最荒谬的事儿。"爱丽丝大声说道。

"砍了她的头！"王后扯着嗓子喊道。

"谁在乎呢？"爱丽丝喊道，她现在已经恢复到正常的身高

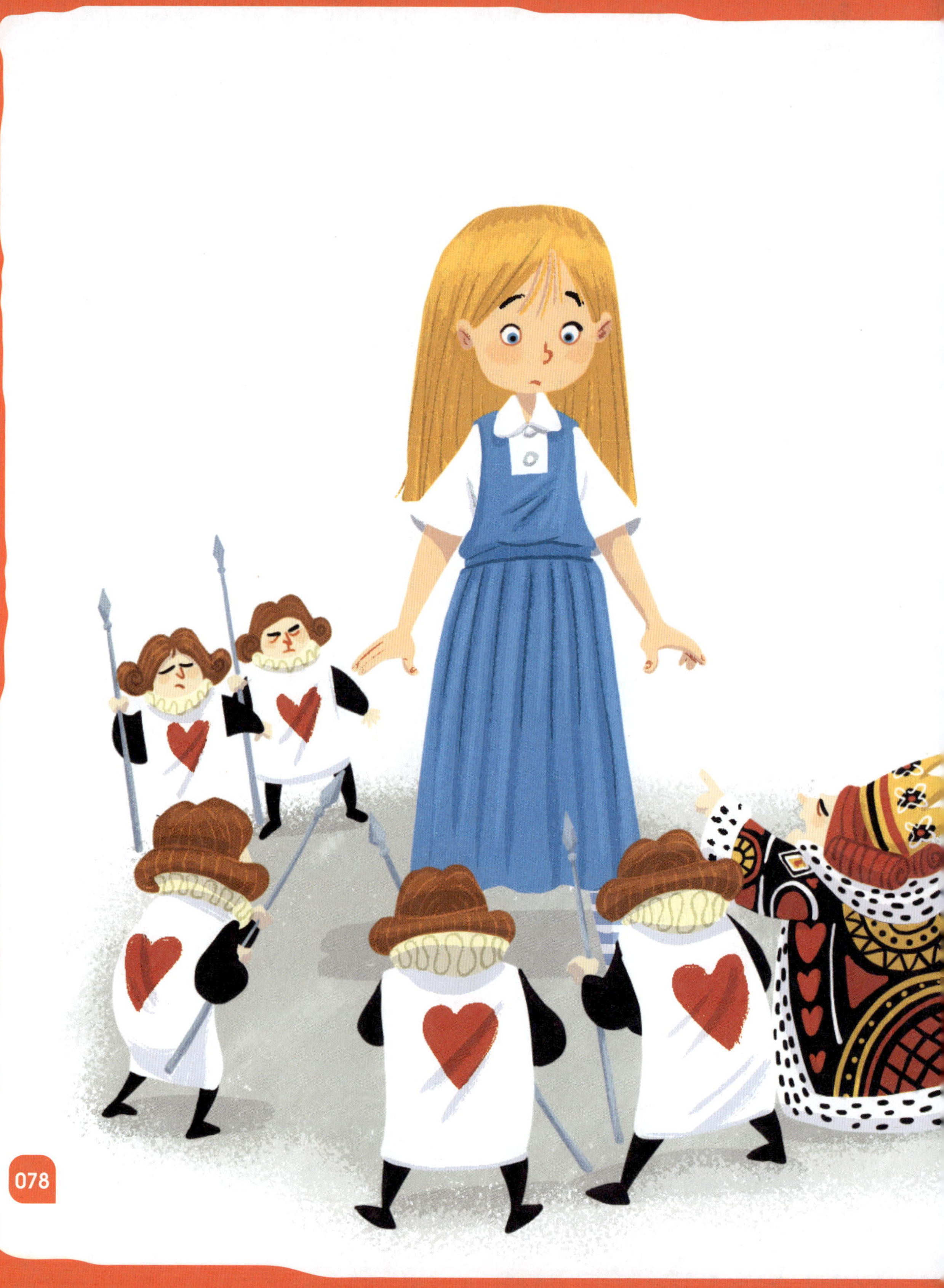

了,"你们不过是一副扑克牌!"

听了这话,所有扑克牌都跳到空中,向她飞来。爱丽丝发出一小声尖叫,想把它们打退……这时,她发现自己躺在河岸边,头靠在姐姐的腿上。姐姐正轻轻拂去掉在她脸上的几片枯叶。

"哦,我做了一个最最奇怪的梦。"爱丽丝说,她把自己的奇遇都告诉了姐姐。

吃茶点的时间到了,爱丽丝往家里跑去,一边跑一边想,这是一个多么美妙的梦啊。可是,姐姐仍坐在岸边看着夕阳,想象着白兔、茶杯的碰撞声,还有王后的尖锐叫声。她想象着有一天妹妹长大了,也许会把仙境的故事讲给自己的孩子听,回忆起她们那些快乐的夏日时光。

(完)

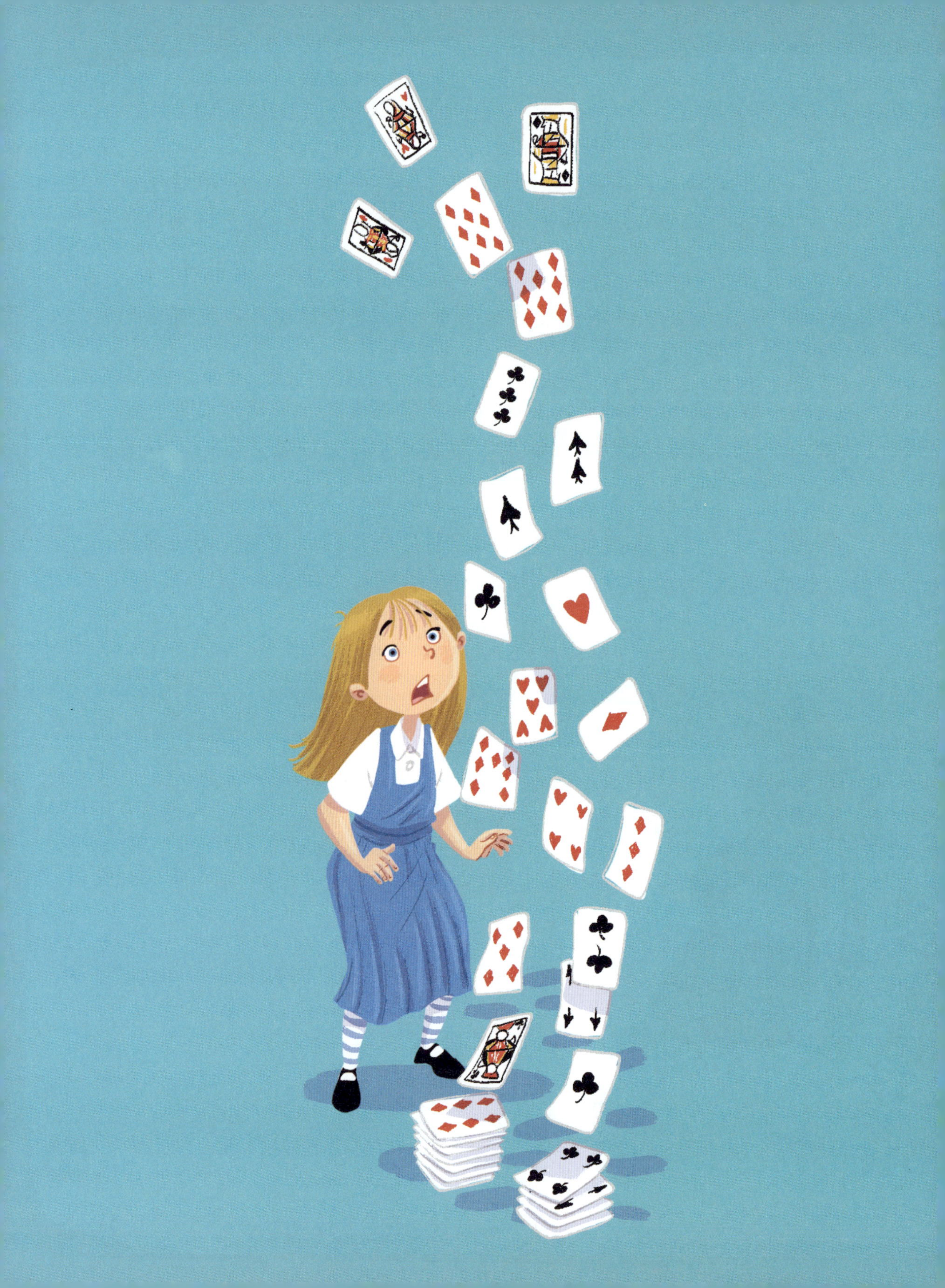

知识园地

仔细查看

放大镜和眼镜有助于人们清楚地看到不起眼的细节，在法庭上研究证据时这一点至关重要。

放大镜和眼镜都使用了透镜，可以使图像看起来更大或更清晰。

放大镜是一个凸透镜，中间比边缘厚。

凸透镜可以折射光线，把光线会聚到焦点处。

这样会产生一个虚像，虚像看起来比实像大，很多小细节也会清晰可见。

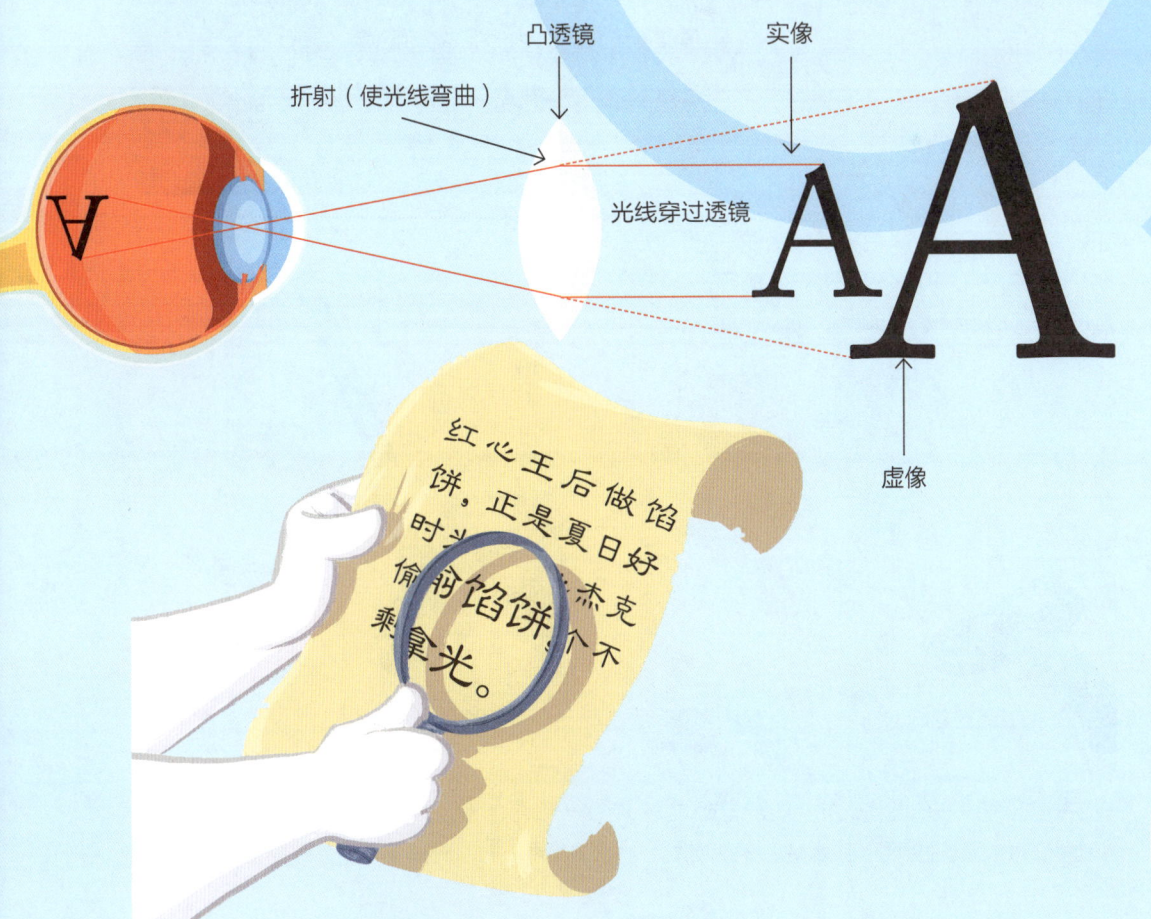

凸透镜

折射（使光线弯曲）

实像

光线穿过透镜

虚像

红心王后做馅饼，正是夏日好时光，杰克偷掉馅饼，一个不乘凉。

081

动手做一做

制作牛顿摆

爱丽丝在法庭上跳起来时，撞倒了陪审席，把陪审员也撞飞了。这就是动量的作用。动量是指物体运动时的力量。动量也是牛顿摆的制作原理。

准备材料
- 14根雪糕棒
- 热胶枪
- 胶水
- 细线
- 剪刀
- 铅笔
- 6颗弹珠
- 尺子
- 胶带

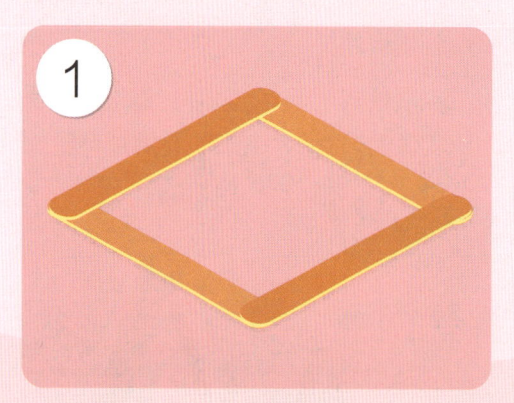

1. 在大人的帮助下，将4根雪糕棒粘在一起，做成一个正方形；再用4根雪糕棒做成另一个正方形，等胶水晾干。框架就基本做好了。

2. 剪下6根20厘米长的细线。在大人的帮助下，小心地在每条绳子的中心用胶水粘上一颗弹珠。

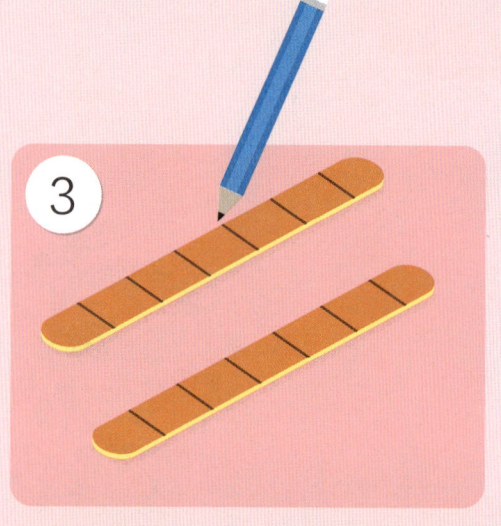

3. 在一根雪糕棒上，做6个标记，每个标记相隔1.5厘米。再拿一根雪糕棒，重复这一步骤。

科学

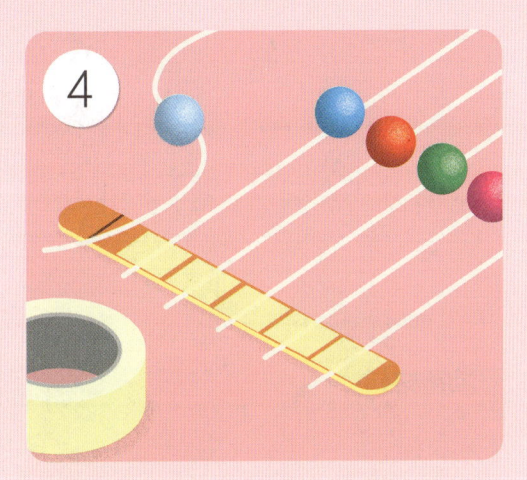

④

将6根细线的一端分别粘在一根做好标记的雪糕棒上，线要正好粘在标记上。将细线的另一端分别粘在另一根做好标记的雪糕棒上，线同样要粘在标记上。

⑤

将你在第1步做好的两个正方形面对面放好。把每个相对的角用雪糕棒连接起来，用热胶枪固定。这样你就做好了一个立方体。

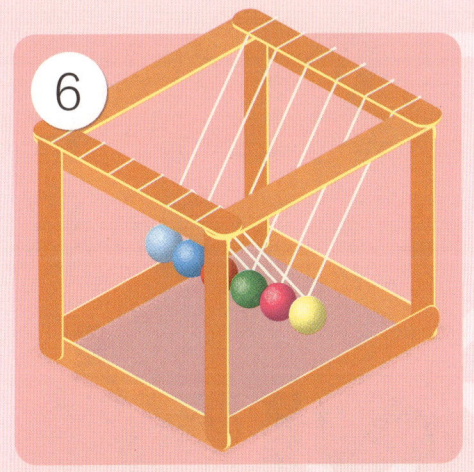

⑥

将第4步中做好的带有标记的雪糕棒粘在框架顶部的一侧，将另外一根带有标记的雪糕棒粘在对面。用胶带将细线粘好，使它们与标记对齐。

确保从上面和侧面看时，弹珠都在一条直线上。拿起一侧的弹珠，松手，看看会发生什么。

原理

动量是描述物体运动状态的一个物理量。当你拿起一侧的弹珠，然后松手时，它会撞击旁边的弹珠，这个力会通过一个个弹珠，传递到另一端，把最后一个弹珠推出去。当这颗弹珠摆回来时，它与旁边弹珠相撞的力会再一次通过一个个弹珠传回来。

083

动手做一做

测量物体的高度

要想知道爱丽丝或任何物体的高度,你只需要一根长杆、一把卷尺和一些阳光。做做这个实验吧!

准备材料
- 长杆
- 卷尺
- 晴天
- 铅笔
- 纸

1 选一个你要测量的物体,然后在附近找一处空地做实验。你和你的实验对象之间不能有障碍物。

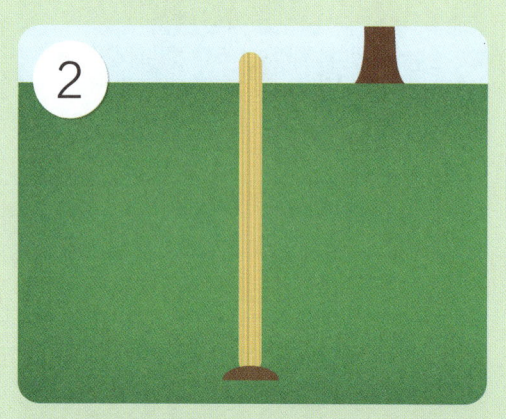

2 想办法把长杆立住,使其笔直向上。如果你是在土地上做实验,那你可以把它插到土里。

3 测量长杆从上到下的长度(只测量高出地面的部分),记录下来。

数学

4

现在，你需要有一点耐心。当太阳在空中移动时，注意观察长杆的影子变化。

5

一旦长杆的影子变得和它本身一样长，你就赶快拿好卷尺，跑到你要测量的物体旁边。

6

测量该物体影子的长度，也就是从影子的顶端到物体的底端的距离。测量所得的结果就是它的高度！

原理

当长杆（A）的高度和它的影子一样长时，你要测量的物体（B）的影子和该物体的高度也会一样长。这是因为两个物体都与地面成90°，形成了直角三角形。

你可以这样来记，当已知高度等于A的影子长度时，未知高度就等于B的影子长度。

085